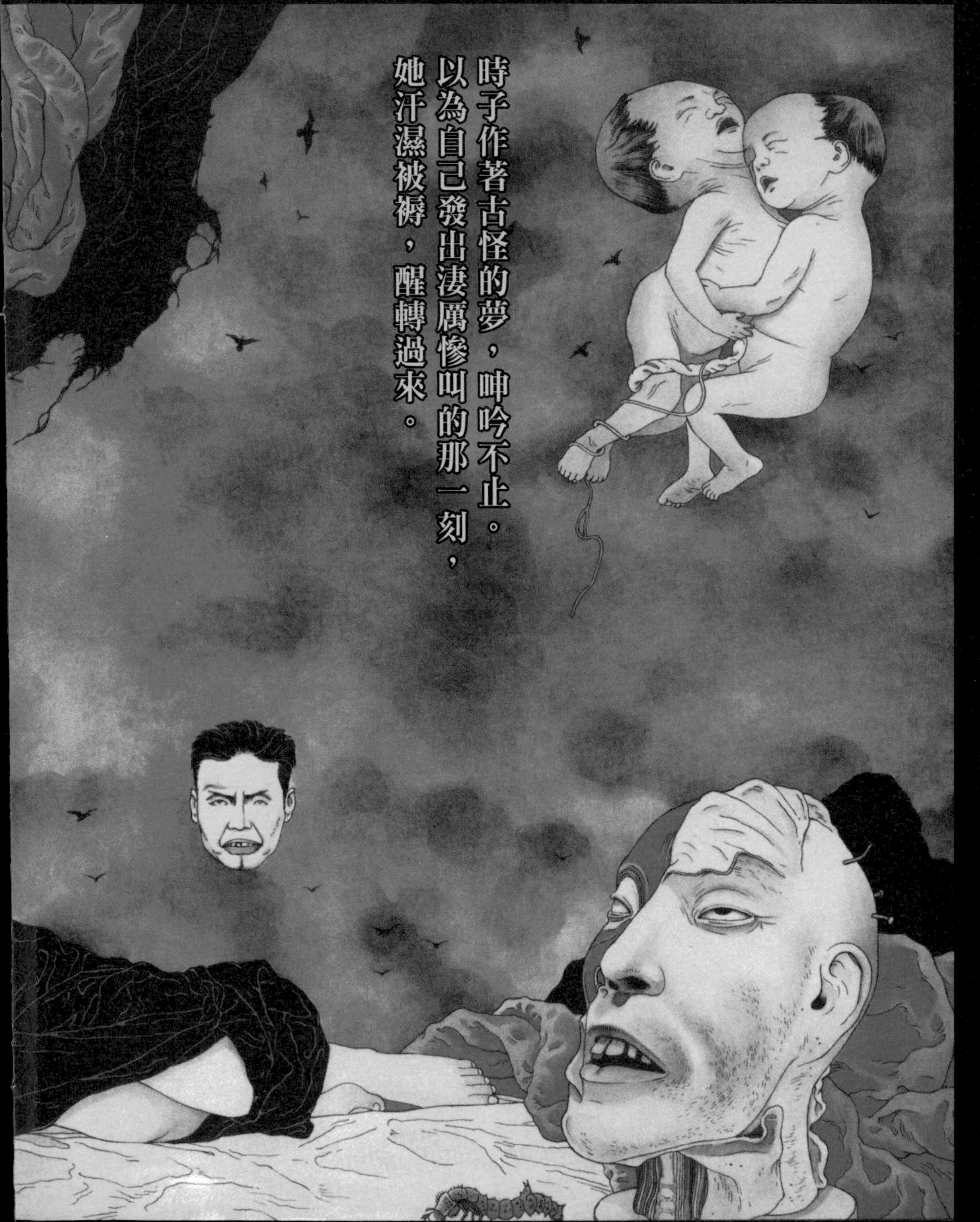
時子作著古怪的夢，呻吟不止。
以為自己發出淒厲慘叫的那一刻，
她汗濕被褥，醒轉過來。

其 壹

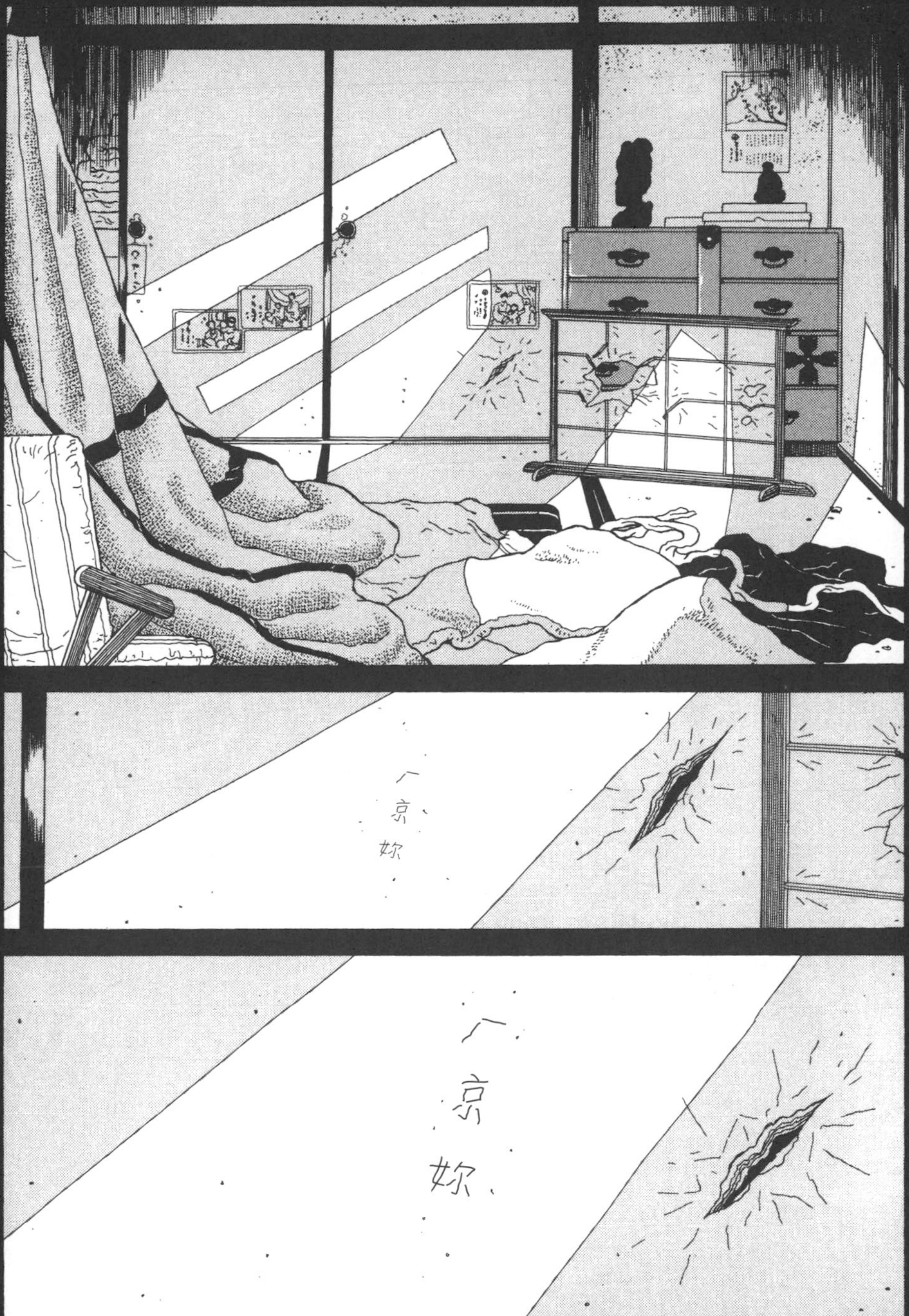

京妳．．
京妳．．

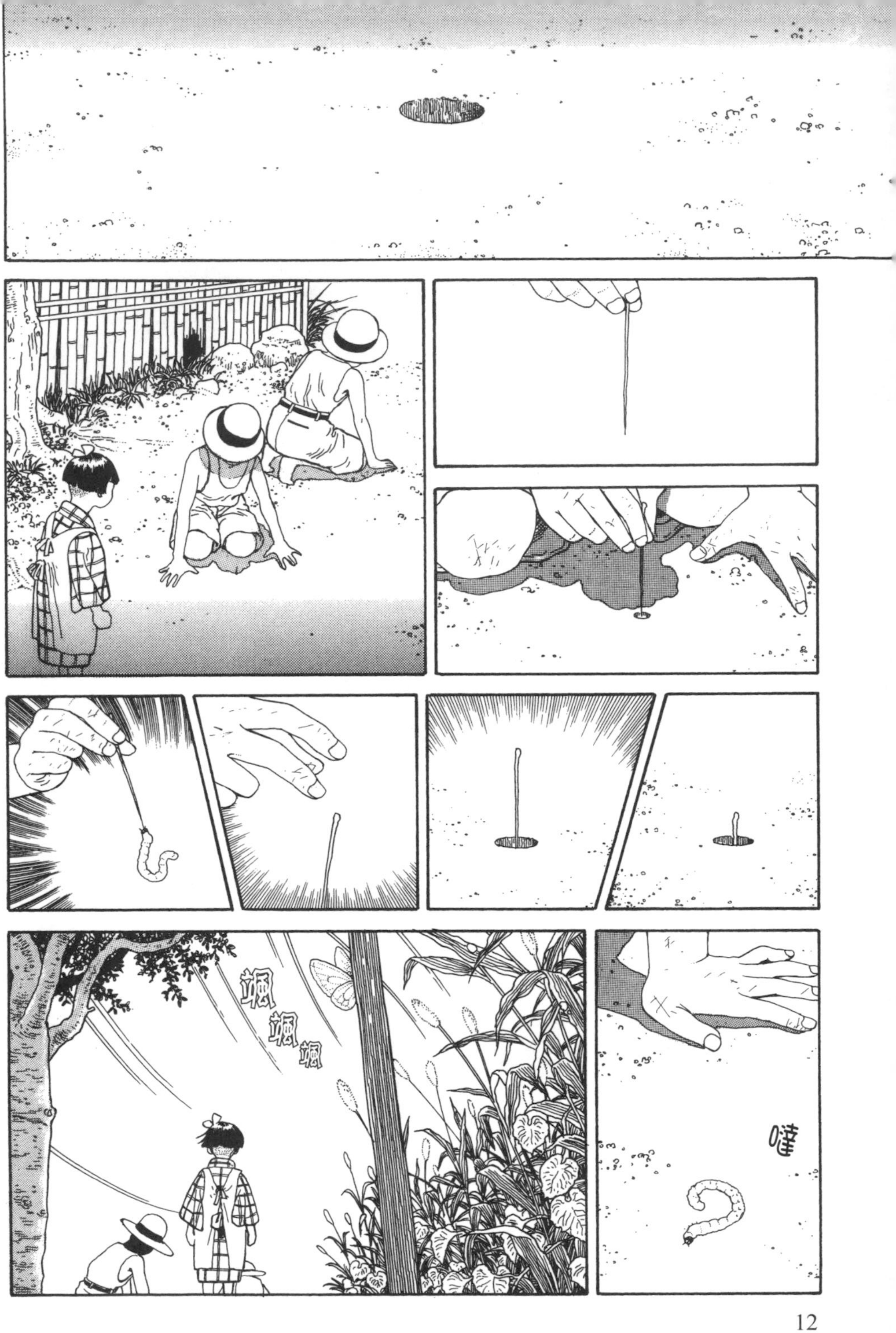
颯颯颯
噠

颯颯颯
鷲尾

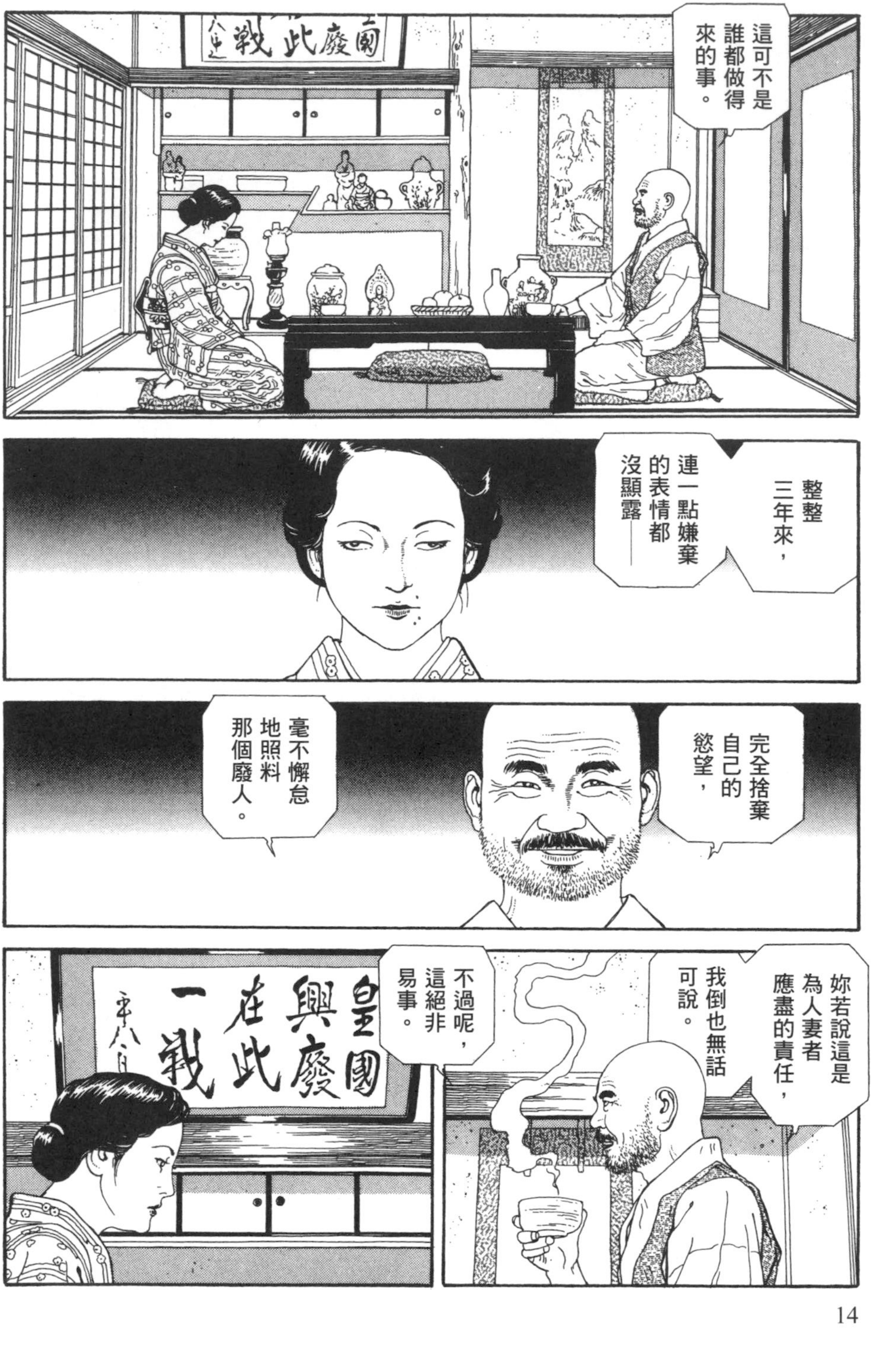
這可不是誰都做得來的事。
整整三年來，
連一點嫌棄的表情都沒顯露——
完全捨棄自己的慾望，
毫不懈怠地照料那個廢人。
妳若說這是為人妻者應盡的責任，
我倒也無話可說。
不過呢，這絕非易事。
皇國興廢在此一戰

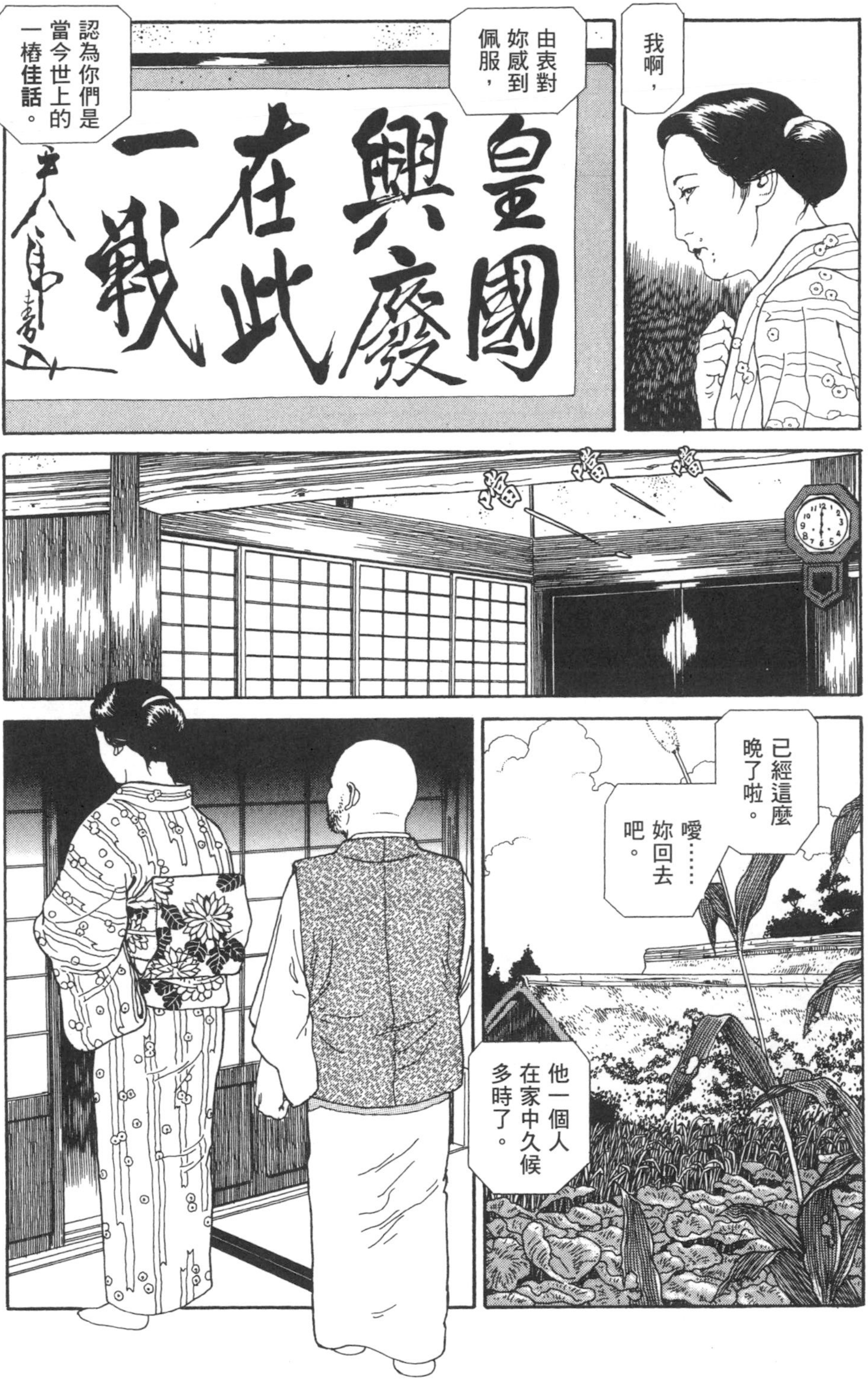
我啊，
由衷對妳感到佩服，
認為你們是當今世上的一樁佳話。
皇國興廢在此一戰
噹
噹
噹
已經這麼晚了啦。
嗳……妳回去吧。
他一個人在家中久候多時了。

我先告辭了。
カルピス

這個，給須永中尉吃吧。
感謝您。
滑溜
咿！
噠噠噠

咚
咚
咚
啊！
喀恰
呿！
呿！
咚
咚咚

喀啦喀啦
又來了……
我現在就過去唷。
咚咚
芳流千載
明治己酉
希典
你肚子餓了吧？
咚咚
你等很久了吧？

啪
啪
CHERRY BRAND
TRADE MARK
IMPREGNATED
SAFETY MATCHES
SEIYEISHA & CO.
咚咚咚
滋……
來了，來了。
咚咚
咚
真是抱歉啊。
咚咚咚咚
咚咚
咚

咚咚咚咚
唔
咿
呼……
別發火發成那樣嘛。
唏呼
呼
唏

窣窣
咿嘶
什麼？
翻滾
這個？
不是嗎？
那，這個嗎？
呵呵呵……

有話想說就是了。
等我一下喔。
壽
祈健康幸福
喀咚
咳
妳去口那了
妳去口

妳去哪了？
鷲尾先生那裡。
你明明就知道嘛。
三小時
你是要說我把你丟在這裡三個小時？
不好意思啊。
妳嫌
我煩
嗚……
了嗎
滴

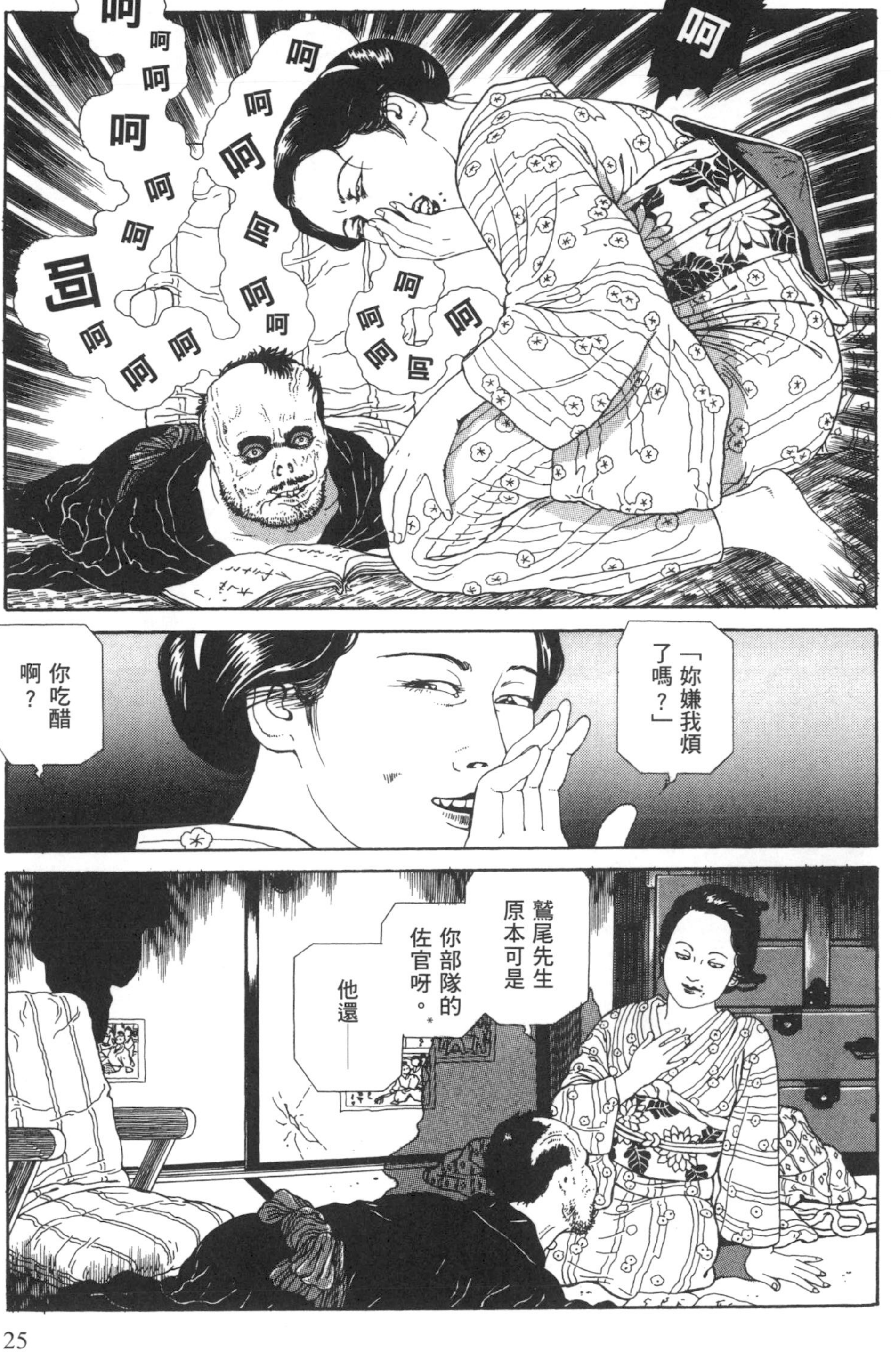
呵
呵呵呵呵呵呵呵呵呵呵呵呵呵呵呵呵呵呵
「妳嫌我煩了嗎？」
你吃醋啊？
鷲尾先生原本可是你部隊的佐官呀。*
他還——

*佐官：日本軍階，在尉官之上。

天照皇大神宮
免費出借這棟
遠離人煙的房子給我們，
對我們照顧有加呢。
唔
我以後不去了。
啾
吸
吸
吸
吸

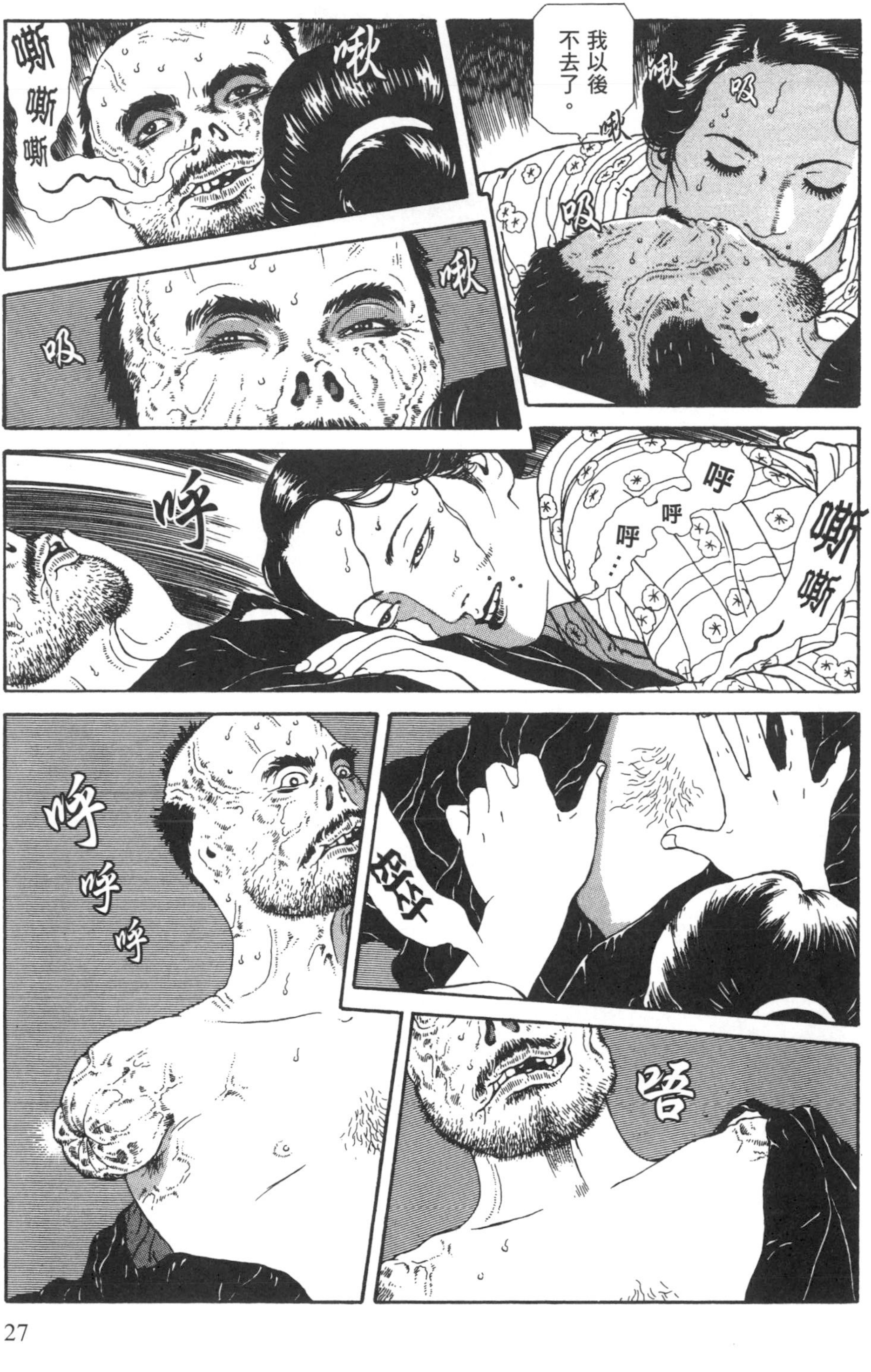
我以後不去了。
啾
吸
啾
吸
嘶嘶嘶嘶
啾
啾
吸
嘶嘶
呼呼呼…
呼
呼呼呼呼
唔

啪沙
呼唔唔唔唔…

呱呱
呱呱
呱呱
呱呱
呱呱
呱呱
呱呱
呱呱
呱呱
呱呱
呱呱
呱呱
呱呱
呱呱
呱呱
呱呱
呱呱
呱呱
呱呱
呱呱

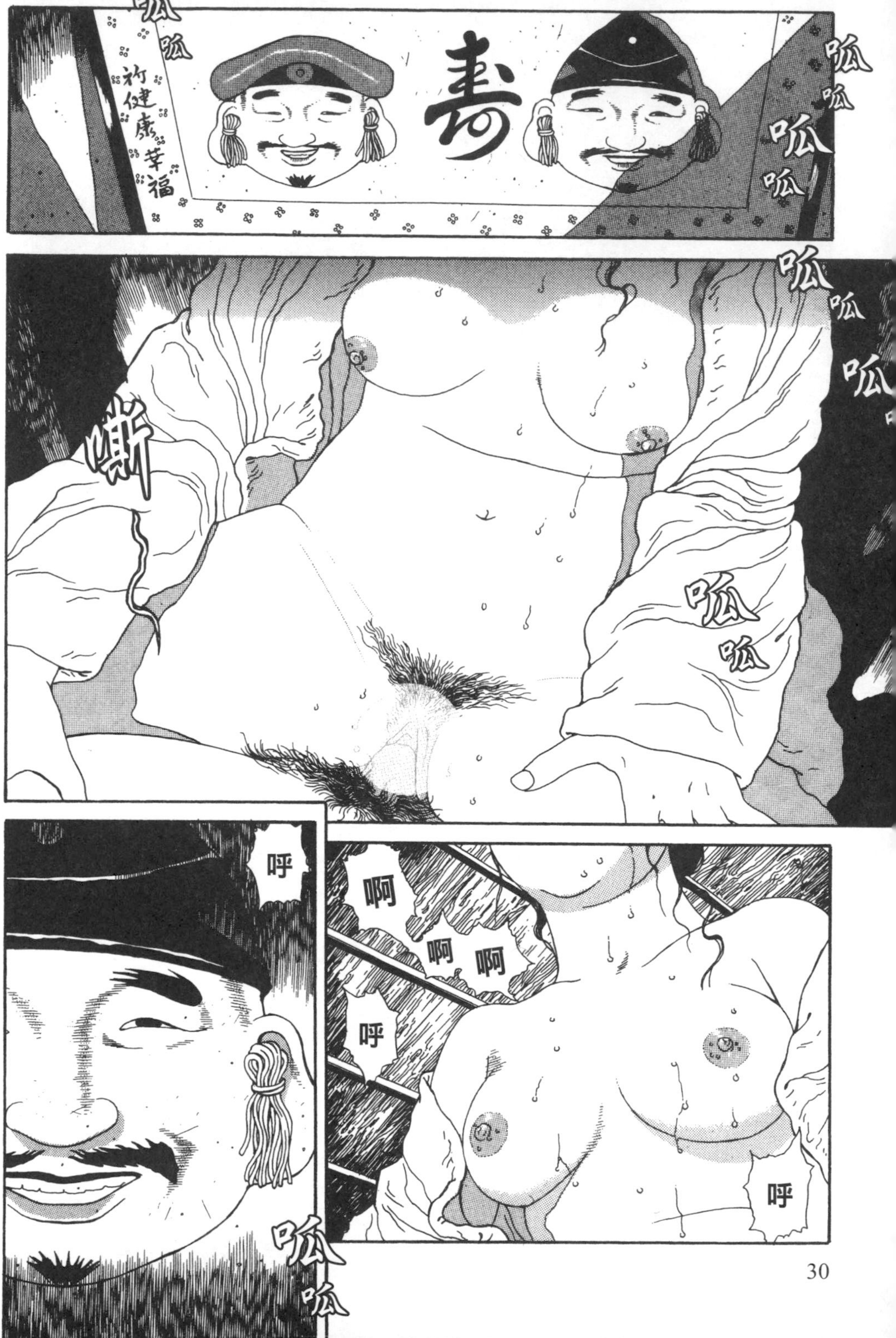
呱呱
祈健康幸福
壽
呱呱
呱呱
呱呱
呱
嘶
呱呱
呼
啊
啊啊
呼
呼
呱呱

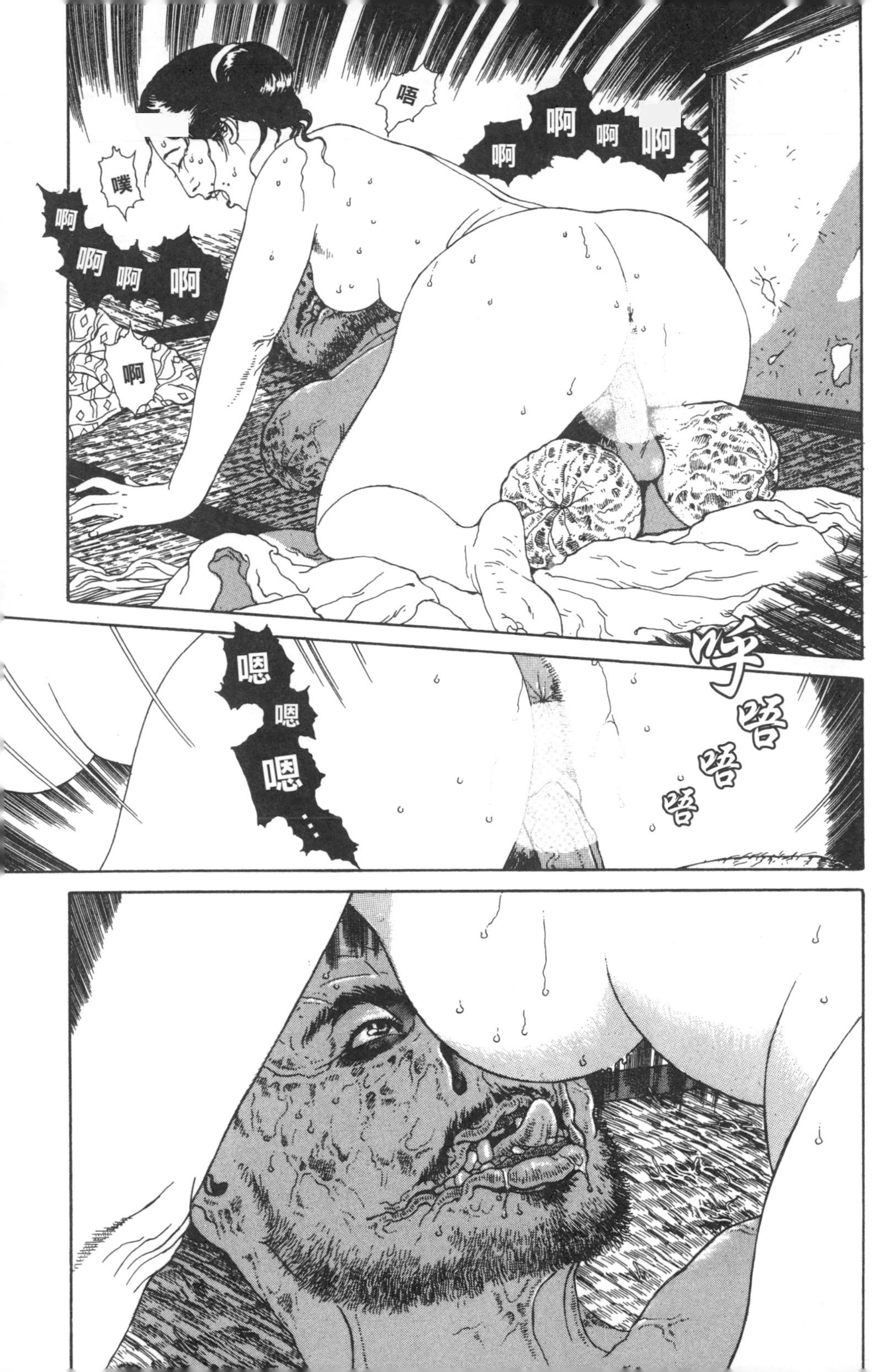
唔
啊啊啊啊
噗
啊啊啊啊
啊
呼唔唔唔
嗯嗯嗯……

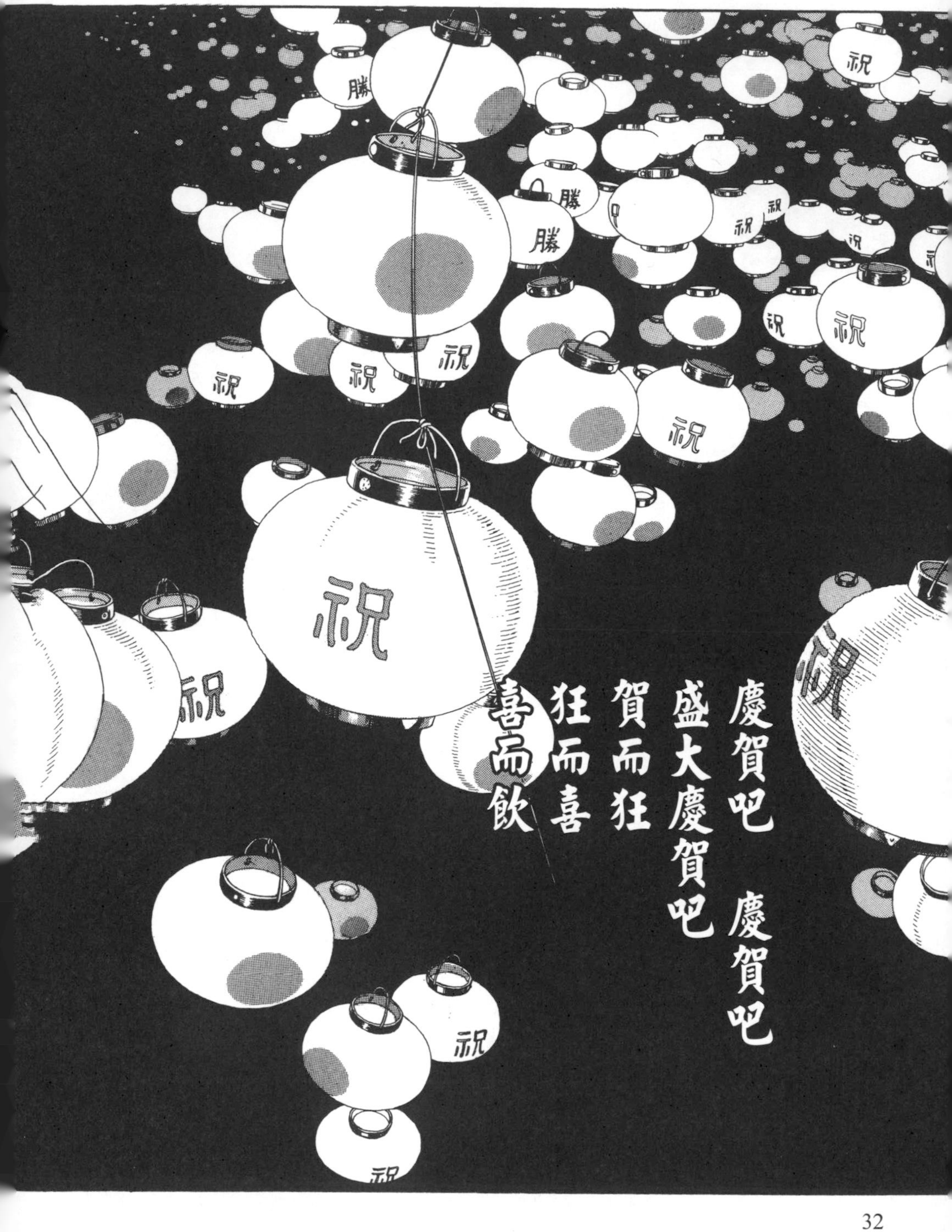
慶賀吧　慶賀吧
盛大慶賀吧
賀而狂
狂而喜
喜而飲

黃湯下肚後三唱
大日本帝國萬歲吧
三唱不足
何妨三十唱　三百唱
亦不多矣

萬歲
萬歲
萬歲
咚
日本獲勝了
俄羅斯戰敗了

咚咚咚
祝
我們結婚時，戰爭仍持續著。
全國上下騷動不已，人人嘴邊都掛著「打贏了」。
日本獲勝了

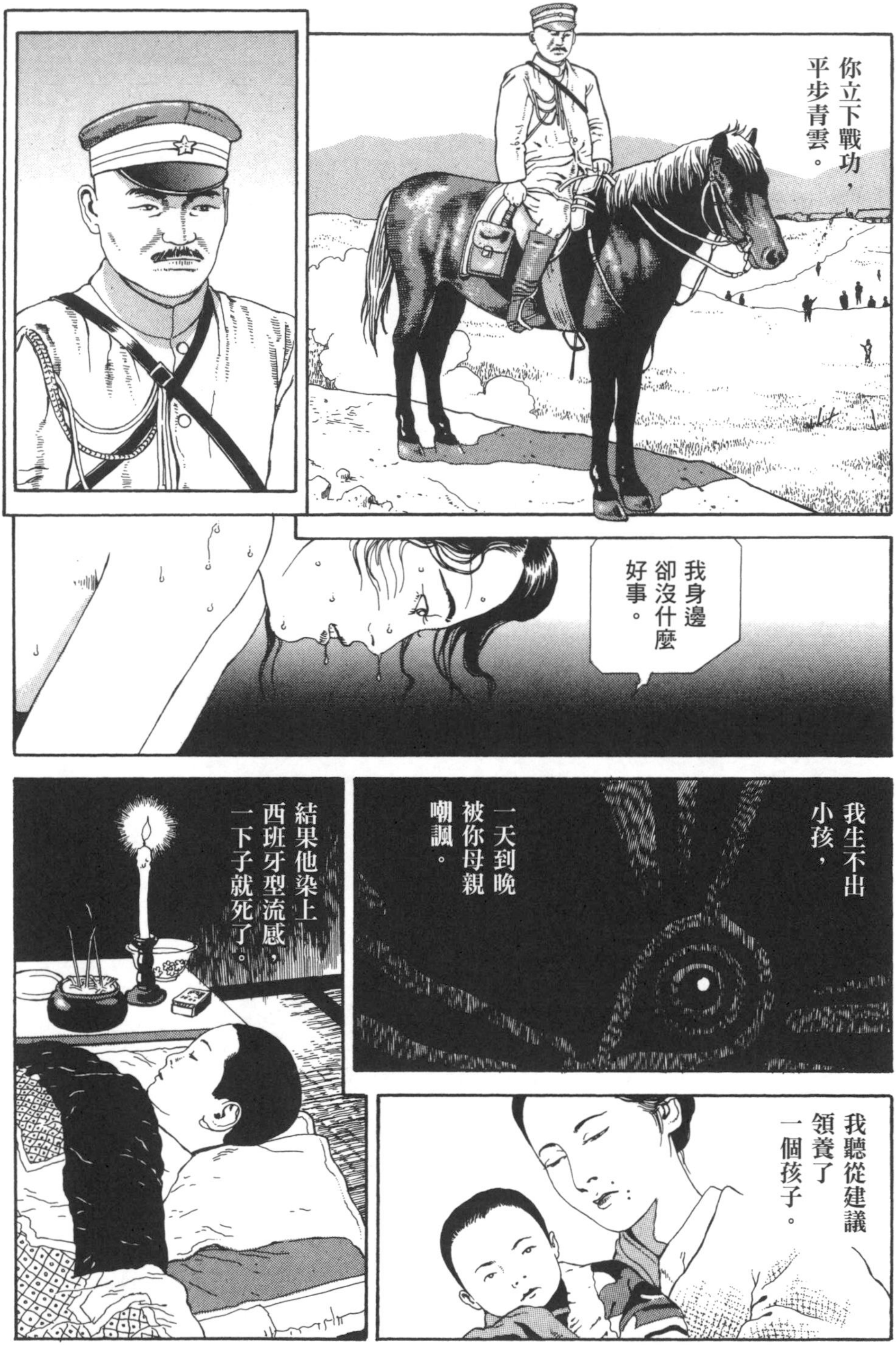
你立下戰功，
平步青雲。
我身邊卻沒什麼好事。
我生不出小孩，
一天到晚被你母親嘲諷。
結果他染上西班牙型流感，
一下子就死了。
我聽從建議領養了一個孩子。

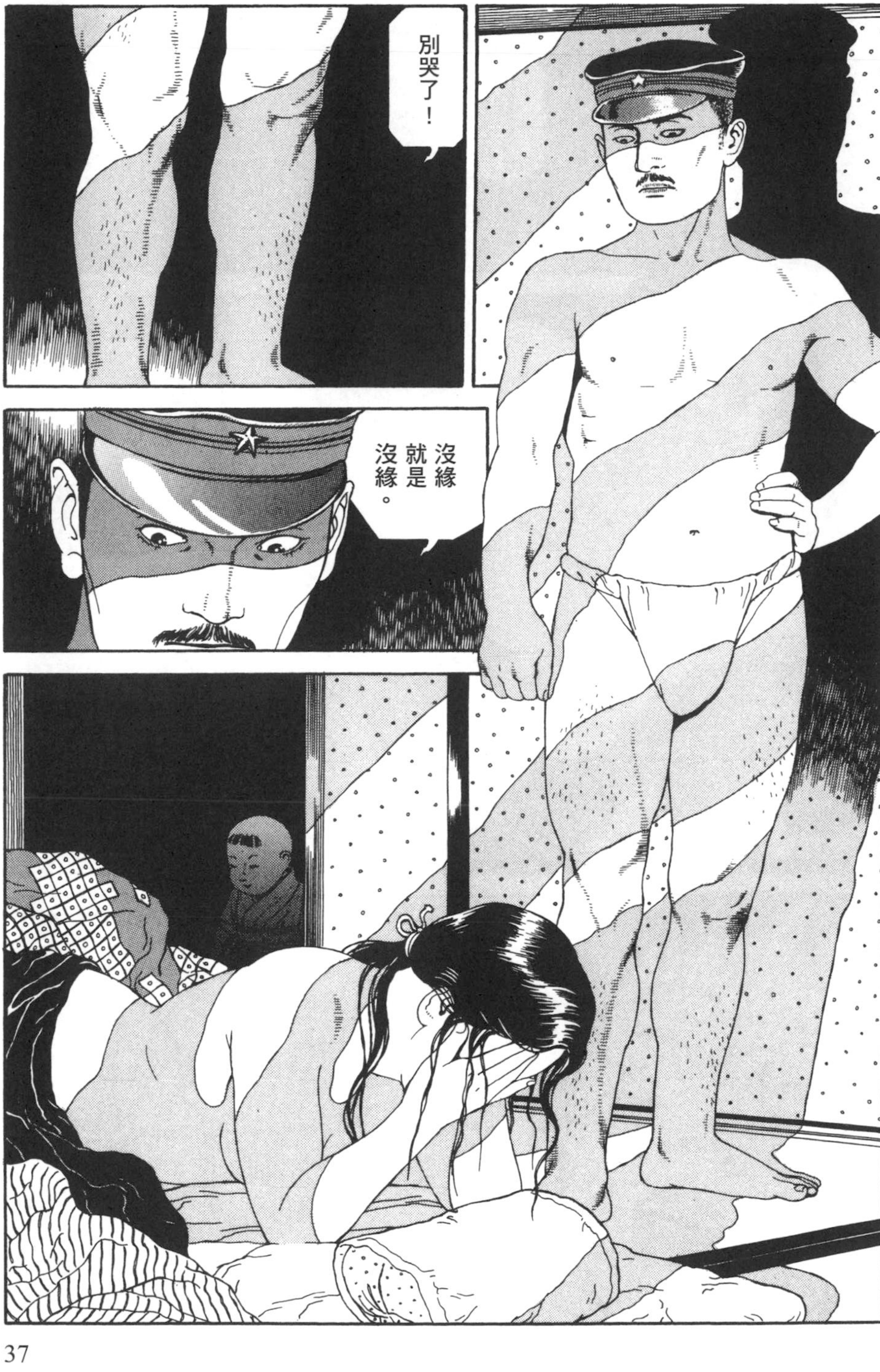
別哭了！
沒緣就是沒緣。

我要出征西伯利亞了。
啊！西伯利亞？
稍微忍耐一下，
我很快就回來了。
緊抱
東西伯利亞
薩哈林州
斯科沃羅季諾
廟街
庫頁島
斯沃博德內
黑龍江
博爾賈
海拉爾
伯力
齊齊哈爾
哈爾濱
蒙古
北海道
長春
朝鮮
海參崴

你出兵前往
西伯利亞，
咚隆
轟轟轟轟轟
我又
獨守空閨了。

我以為
你這次會
再度立下
戰功，
更加出人
頭地。

咻

須永太太。
聽說您丈夫回來了。
但他似乎身受重傷
重傷？
總比戰死沙場好呀。
他的運氣真好。
颯颯……
我好羨慕須永太太……

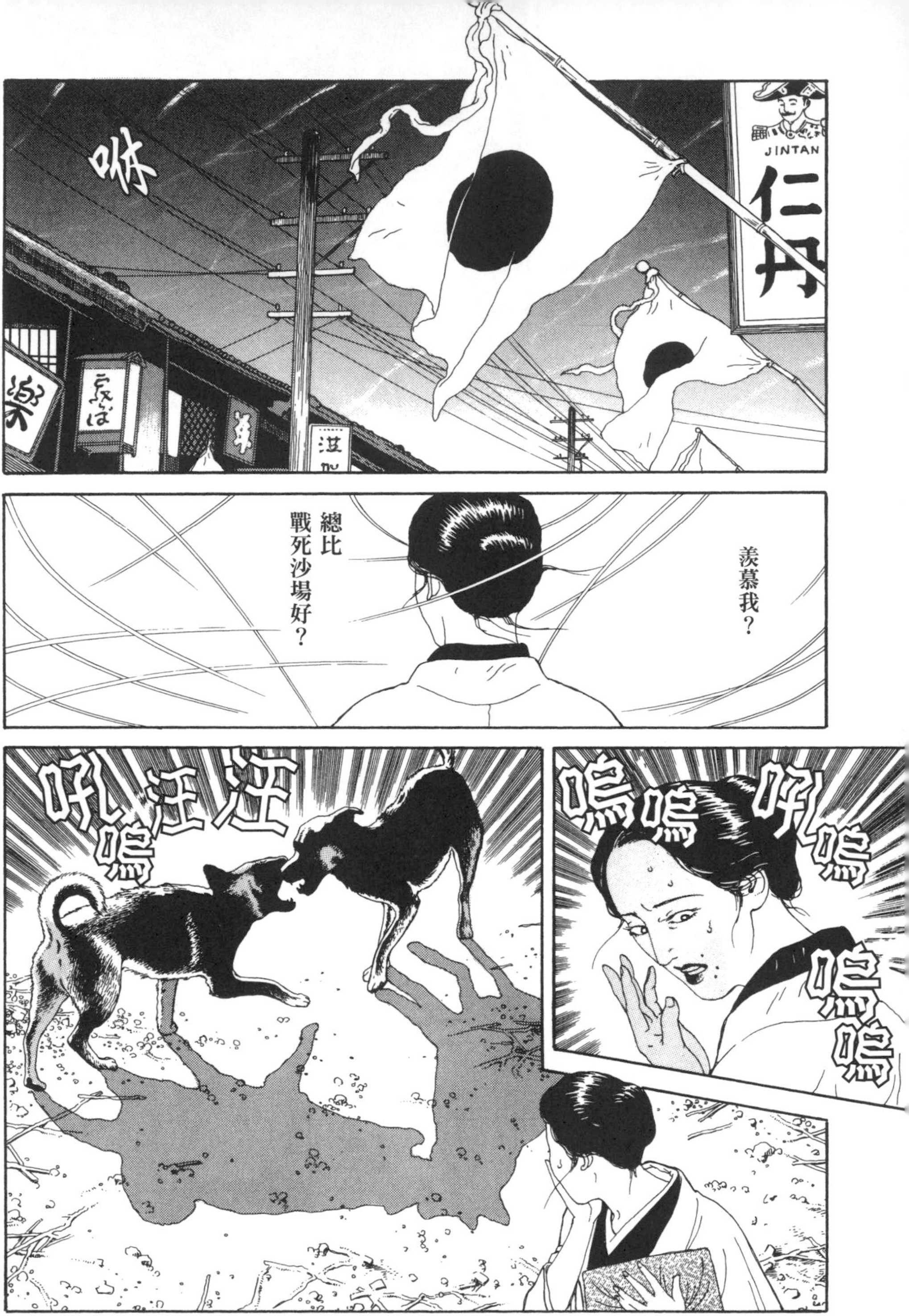

JINTAN
仁丹
咻
樂
羡慕我？
總比
戰死沙場好？
嗚嗚
吼嗚
嗚嗚
吼嗚
汪
汪

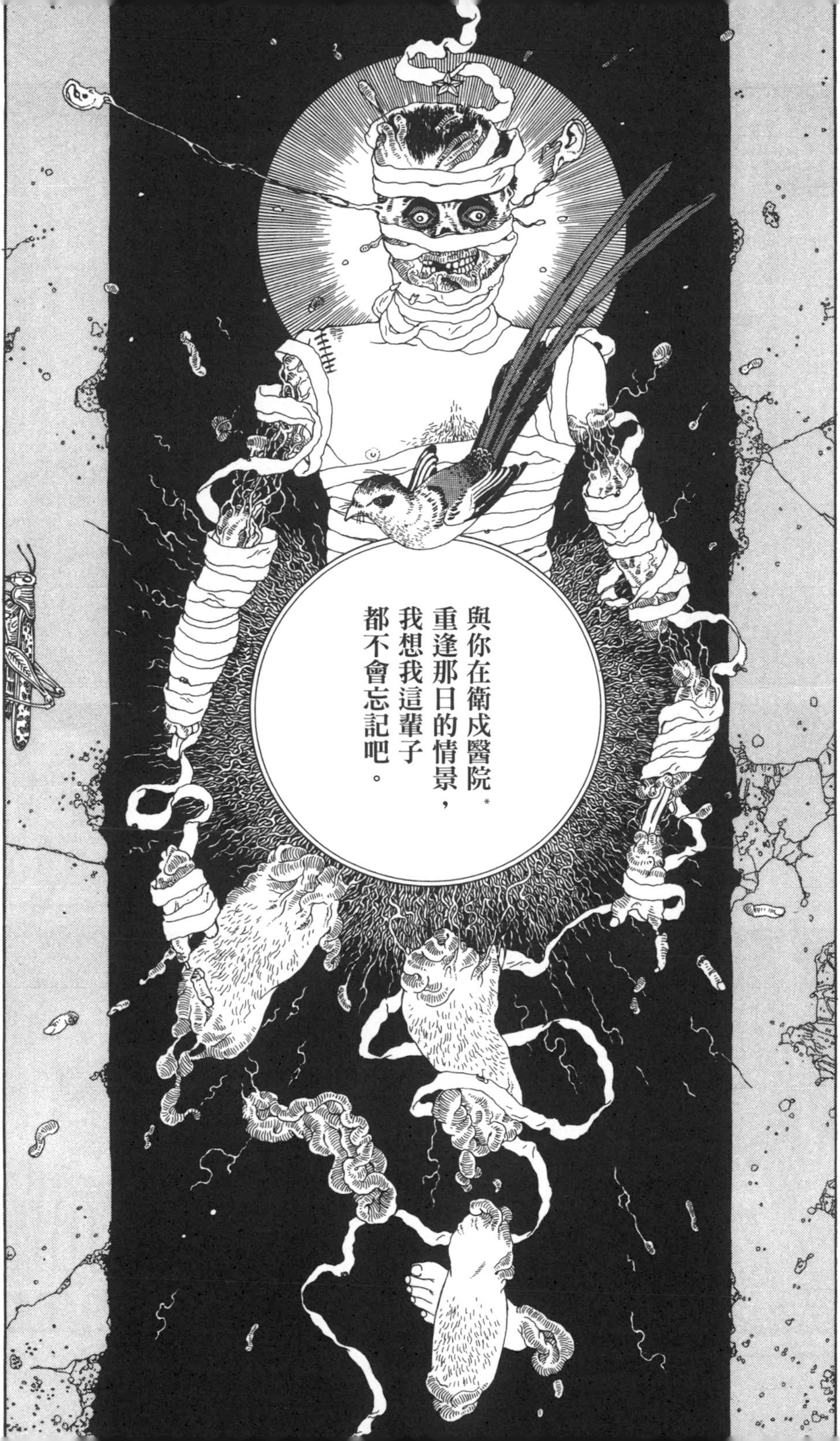
與你在衛戍醫院*
重逢那日的情景，
我想我這輩子
都不會忘記吧。

*衛戍醫院：收容、治療陸軍傷患的設施。

手術室
您可別驚嚇過度啊。
尊夫的傷勢非比尋常。
……
喀喀
喀
喀
喀

喀
喀
喀
喀
喀
太太，請往這裡走。
咔恰
這邊！

他的內耳和聲帶都壞了。
沒有聽覺，也無法說話。
護士！

啊……

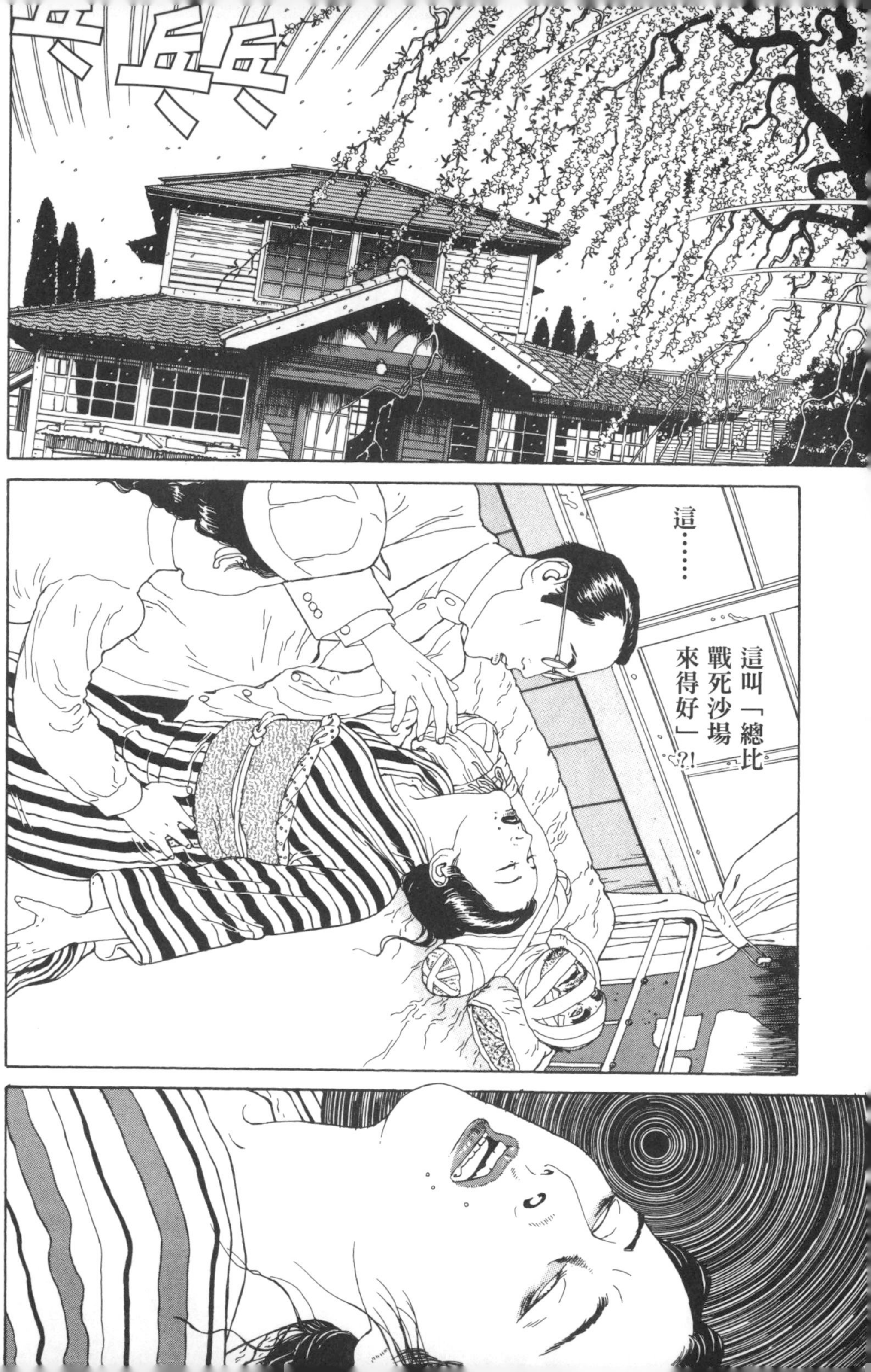
乒乓乓
這叫「總比戰死沙場來得好」?!
這……

其 貳

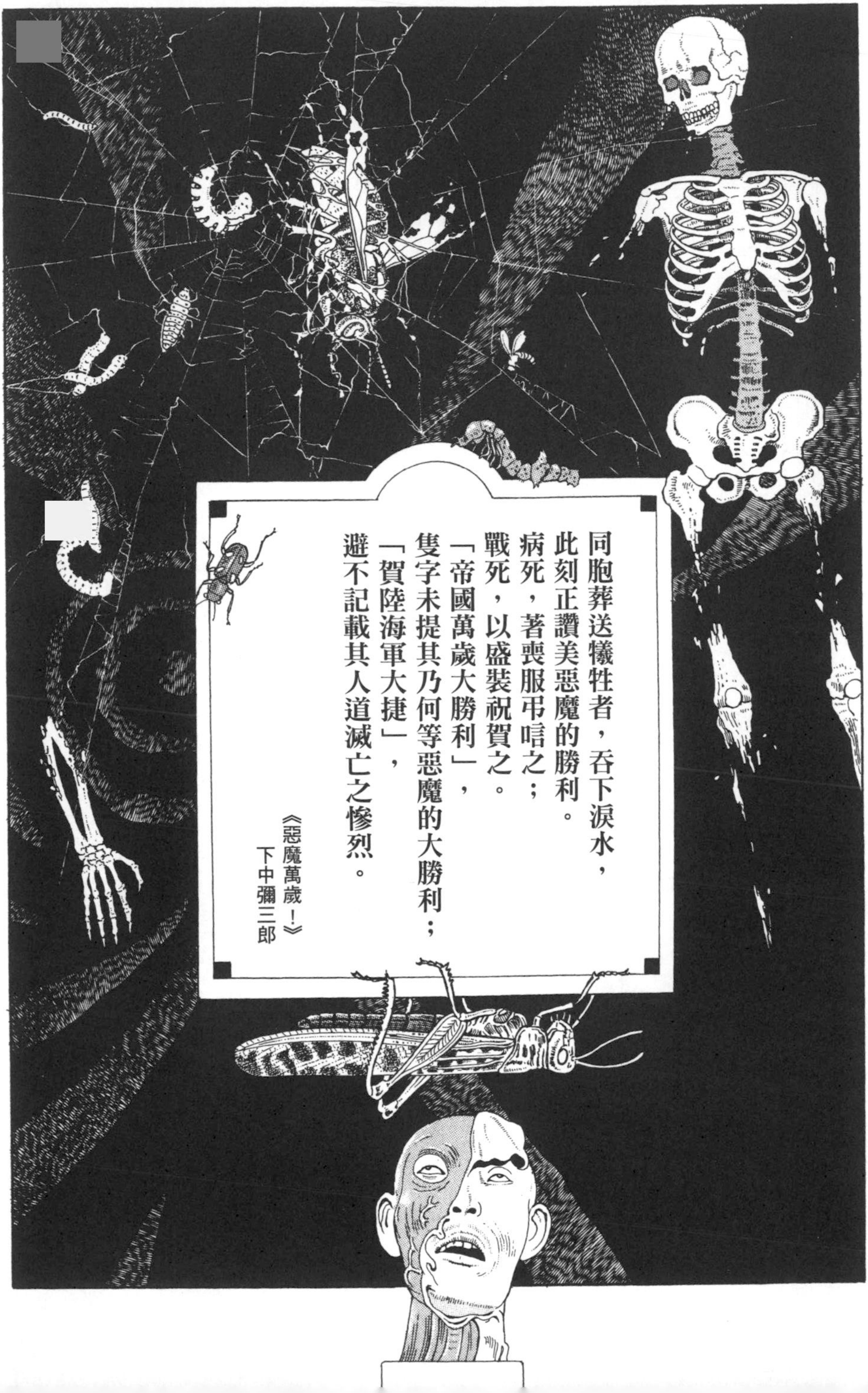
同胞葬送犧牲者，吞下淚水，
此刻正讚美惡魔的勝利。
病死，著喪服弔唁之；
戰死，以盛裝祝賀之。
「帝國萬歲大勝利」，
隻字未提其乃何等惡魔的大勝利；
「賀陸海軍大捷」，
避不記載其人道滅亡之慘烈。
《惡魔萬歲！》
下中彌三郎

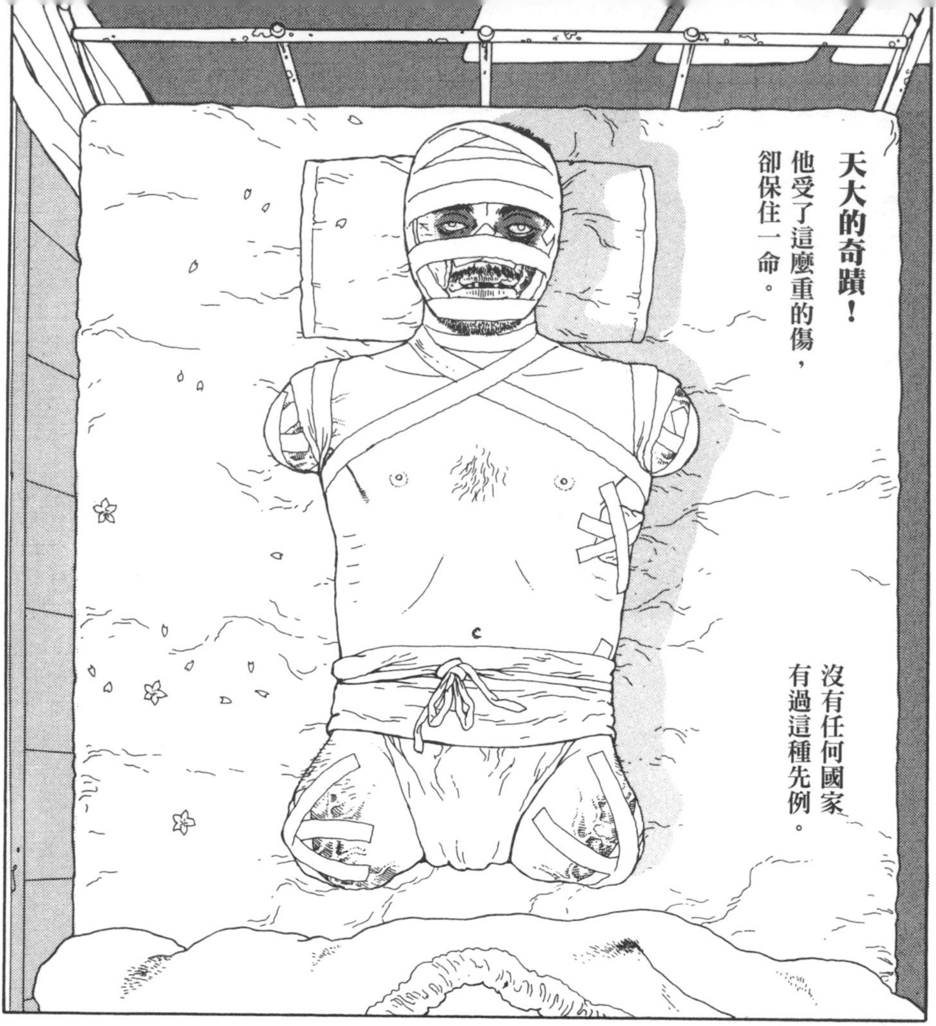
天大的奇蹟！
他受了這麼重的傷，
卻保住一命。
沒有任何國家
有過這種先例。
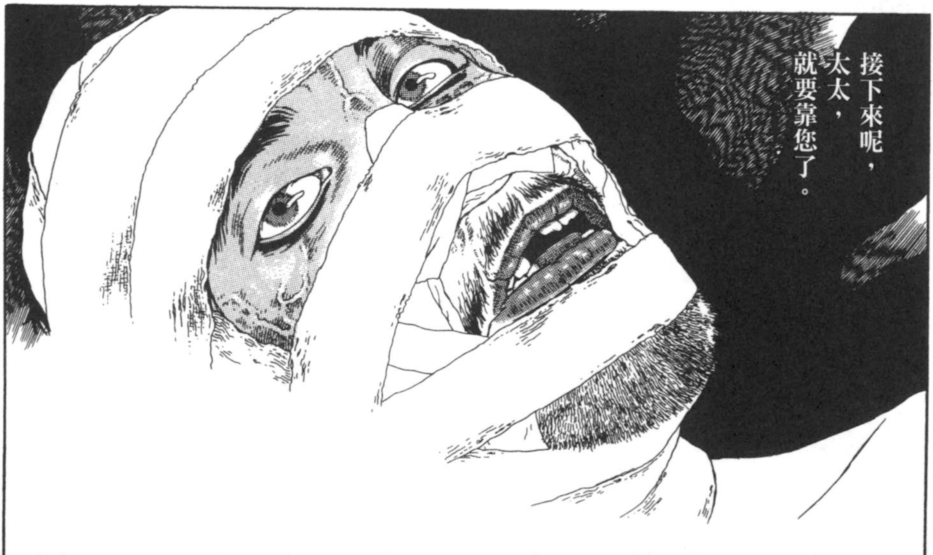
接下來呢，
太太，
就要靠您了。

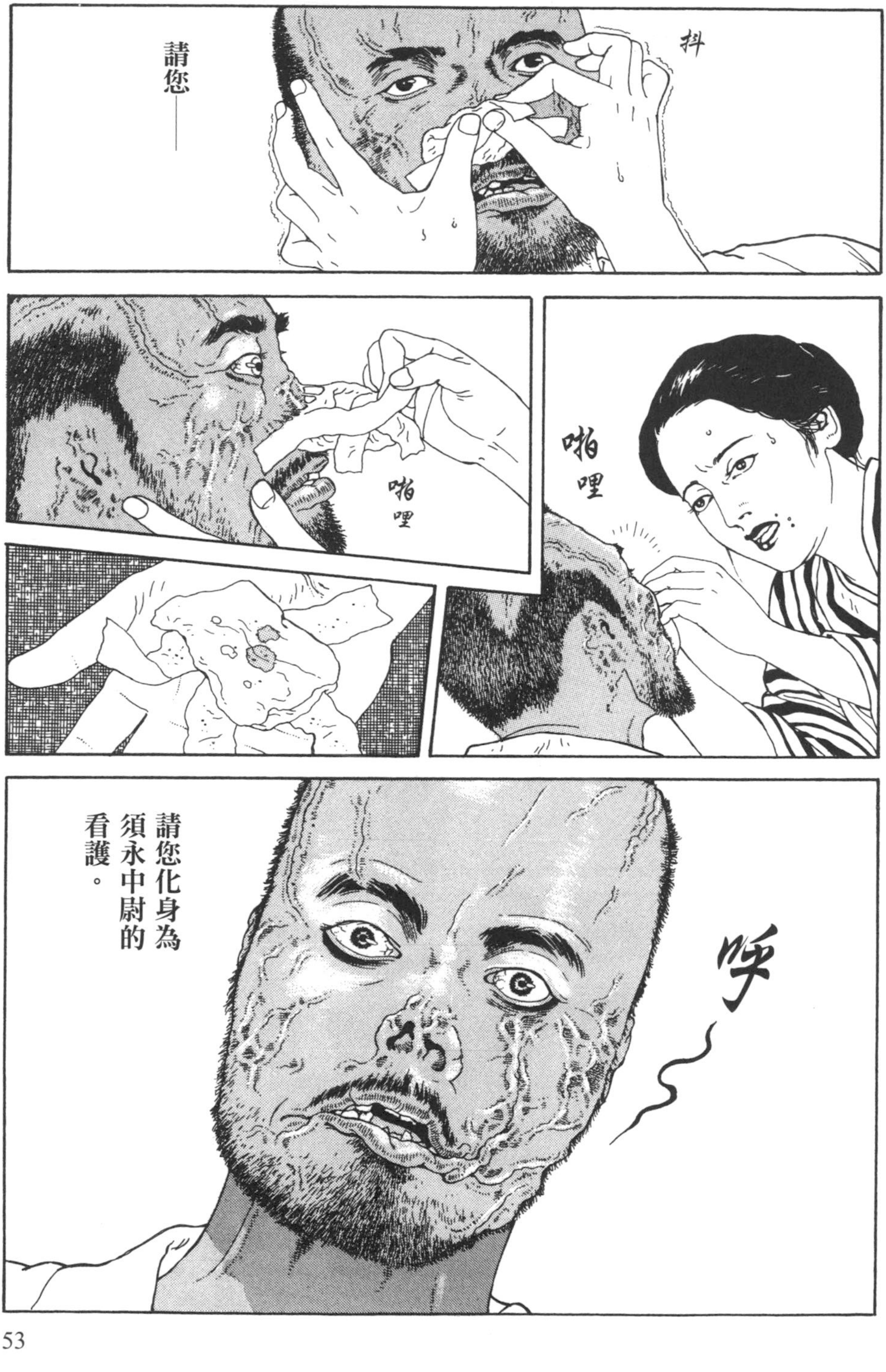
抖
請您——
啪哩
啪哩
請您化身為須永中尉的看護。
呼

叮叮叮叮
嘰嘰嘰
51

嘰嘰
白鳩

日俄戰爭英雄
出兵西伯利亞
成悽慘傷兵
ロシヤ商業艦隊の
對支航路を撤
咻咻咻

咻ー
仁丹
咻ー

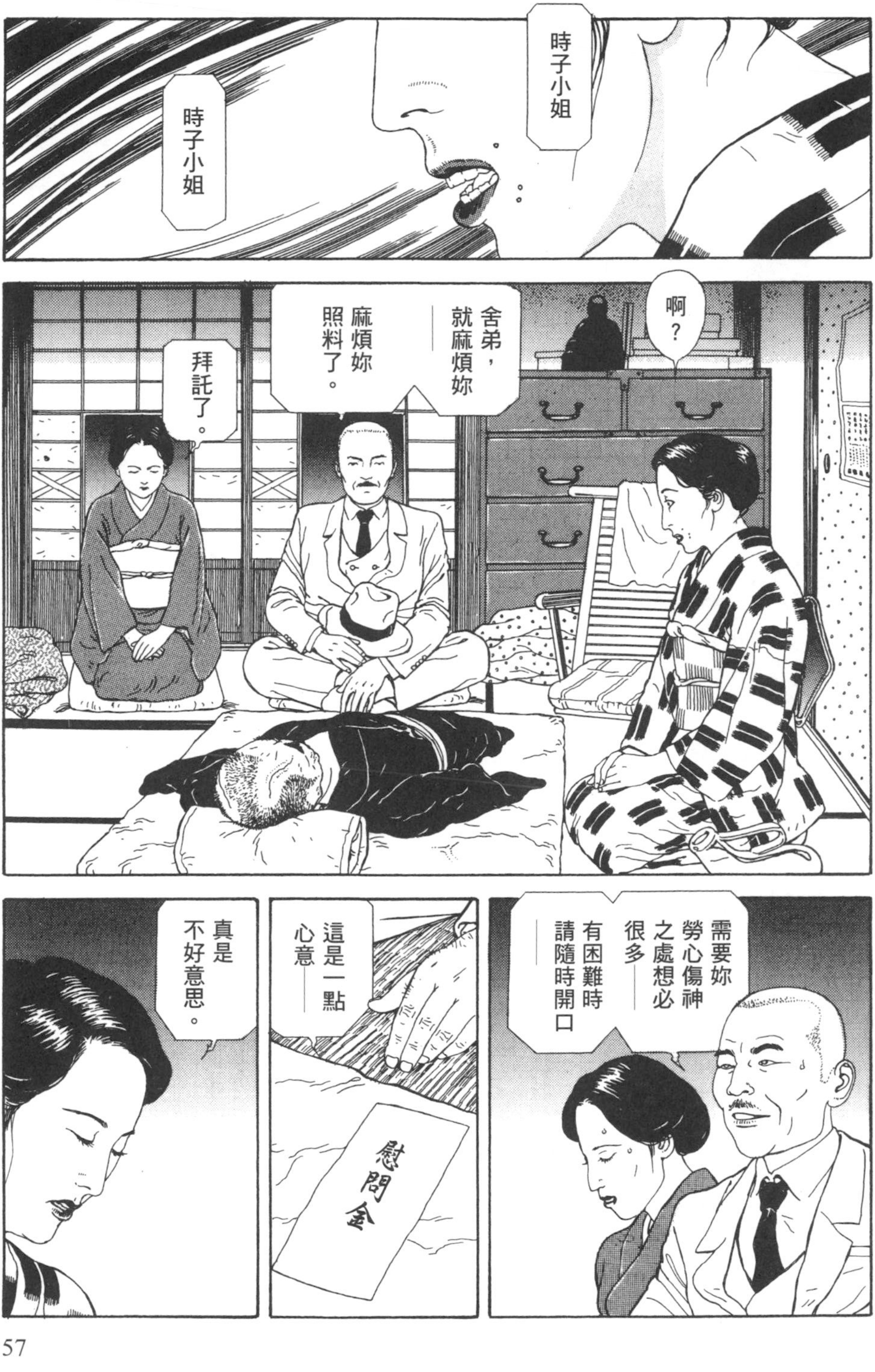
時子小姐
時子小姐
啊？
舍弟，就麻煩妳 麻煩妳照料了。
拜託了。
需要妳勞心傷神之處想必很多—
有困難時請隨時開口—
這是一點心意—
慰問金
真是不好意思。

時……
時子小姐，不好意思，我們……
差不多該告退了……
下次不知何時能再度登門拜訪……
不過到時見了。

再見。
福助足袋
嘩啦
滴

唏
哩……
又變硬了……
滴
似乎又變胖了一些。
擦
擦
擦

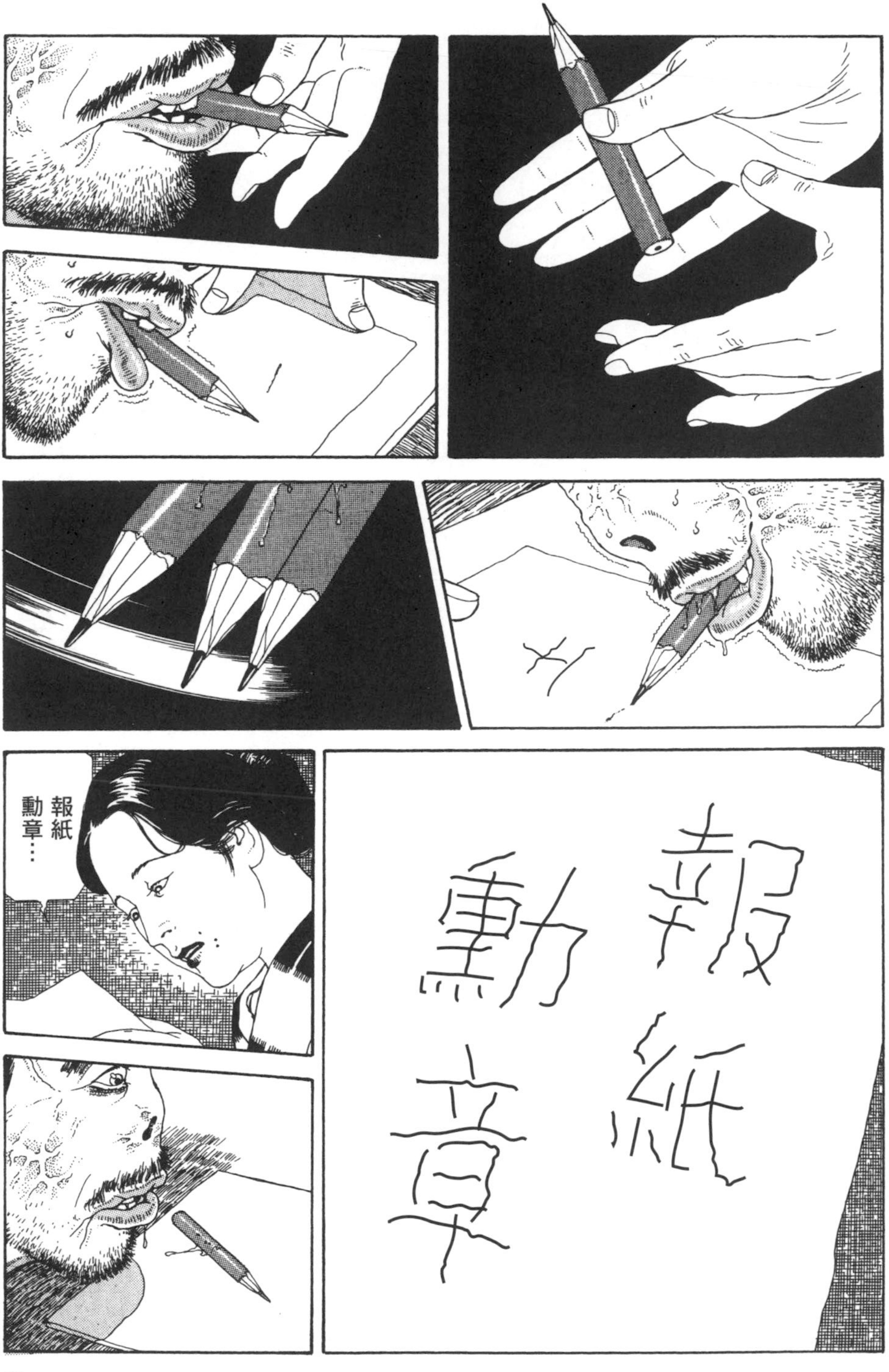
報紙動章……
報紙
動章

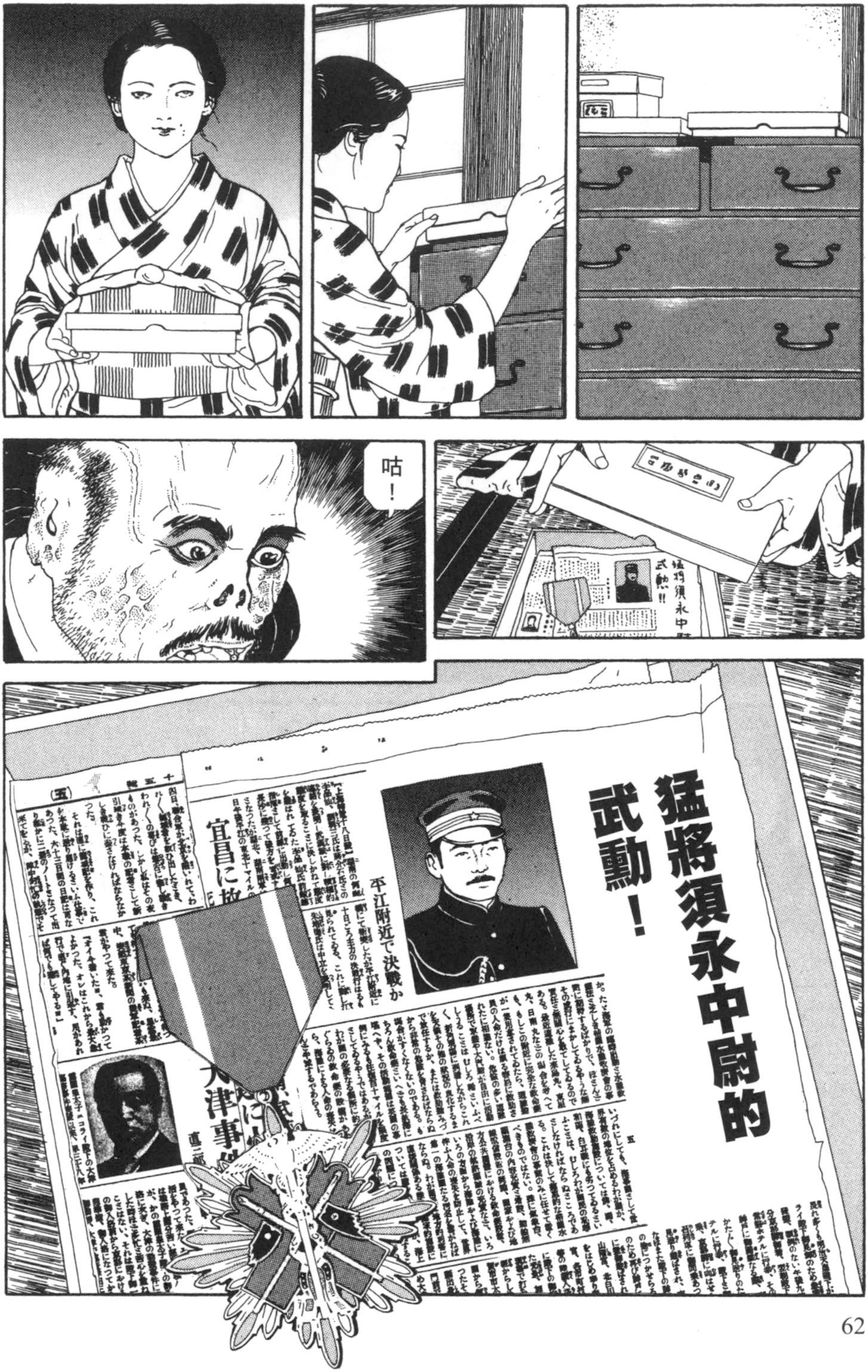
咕！
猛將須永中尉 武勲!!
猛將須永中尉的武勳！
平江附近で決戦か

多虧有這勳章，
你才有年金領。
不過，
光靠年金實在……
米價急漲，
日子難過啊。

我想外出工作，
但又不能丟下你一個人不管。
你的親人真是無情呢，
把你當成噁心的東西看待。
唔唔

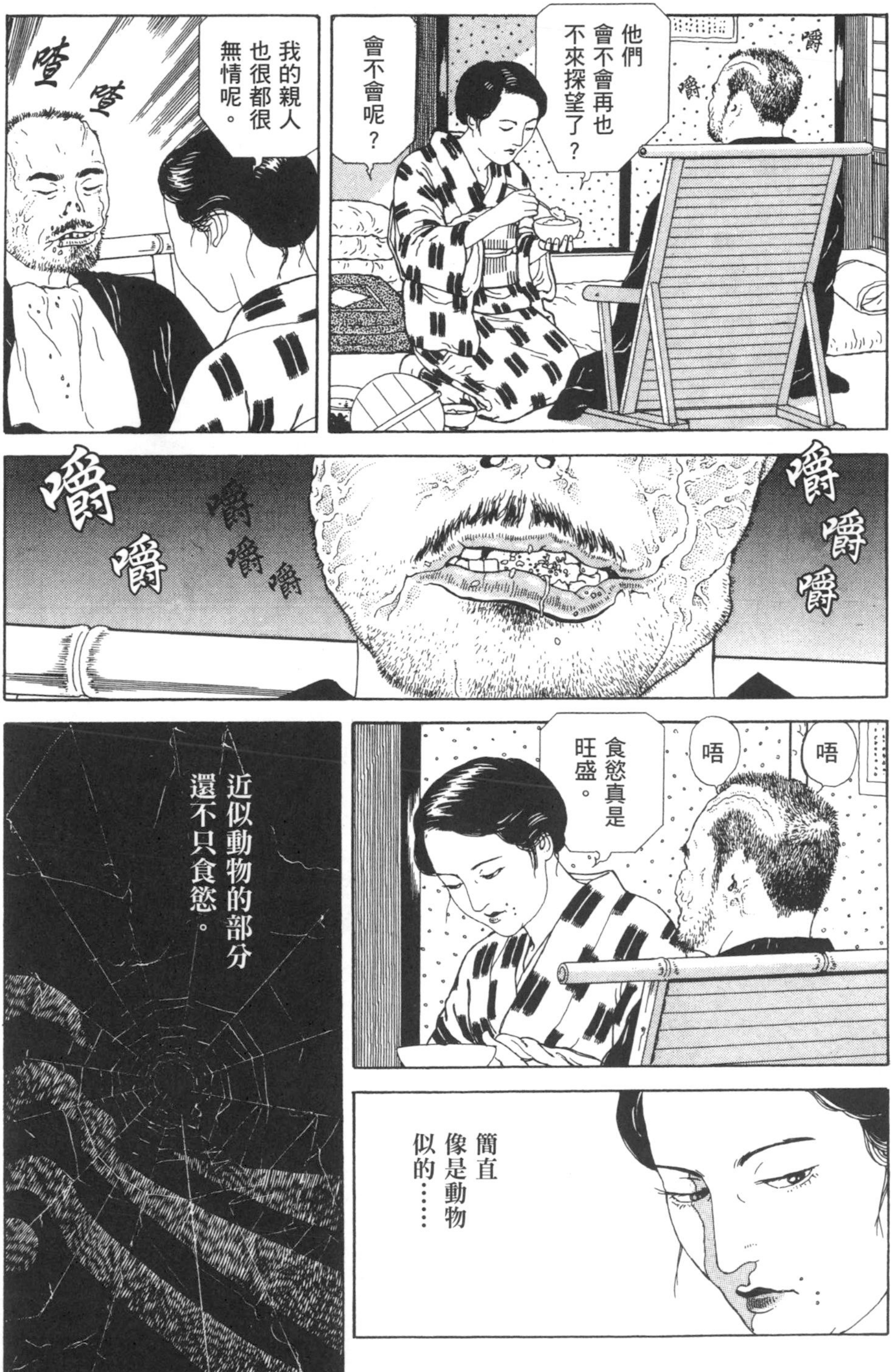
嚼
嚼
他們會不會再也不來探望了？
會不會呢？
我的親人也很都很無情呢。
喳
喳
嚼嚼嚼
嚼嚼嚼
嚼
嚼
唔
唔
食慾真是旺盛。
近似動物的部分還不只食慾。
簡直像是動物似的……

還在吃嗎？
我要收拾囉。
不……不行啊！
鷲尾先生馬上就要來了！
砰

好痛！
嗚！
嗯
嗯

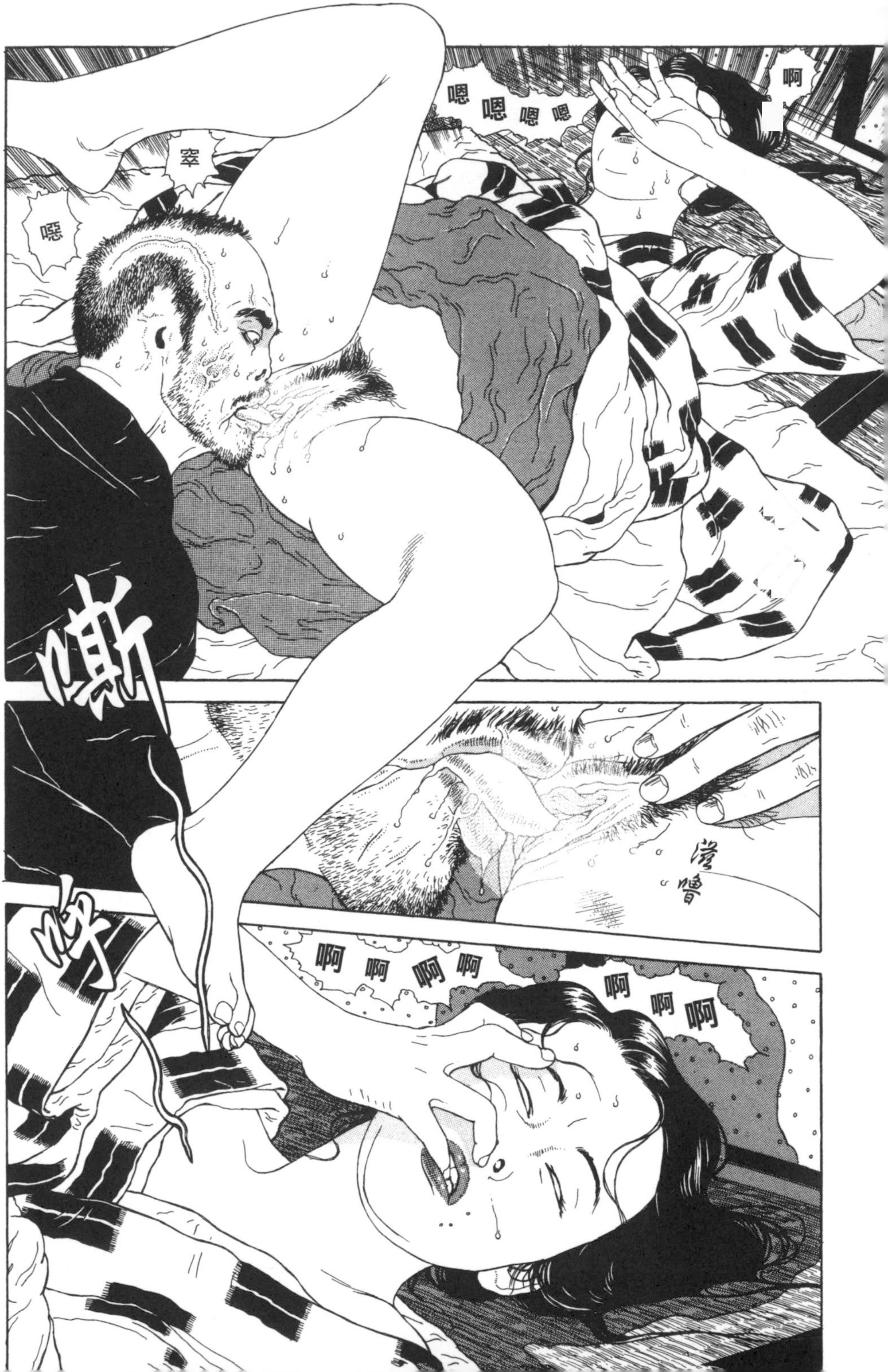
啊
嗯嗯嗯嗯
窣
嗯
滋嚕
啊啊啊啊
啊啊啊

嘩啦嘩啦嘩啦
唔～嗯
嗚嗚嗚嗚嗚

須永太太！
須永太太！
咿！
抖
嗚
我是鷲尾！
咚咚
嗯
唔

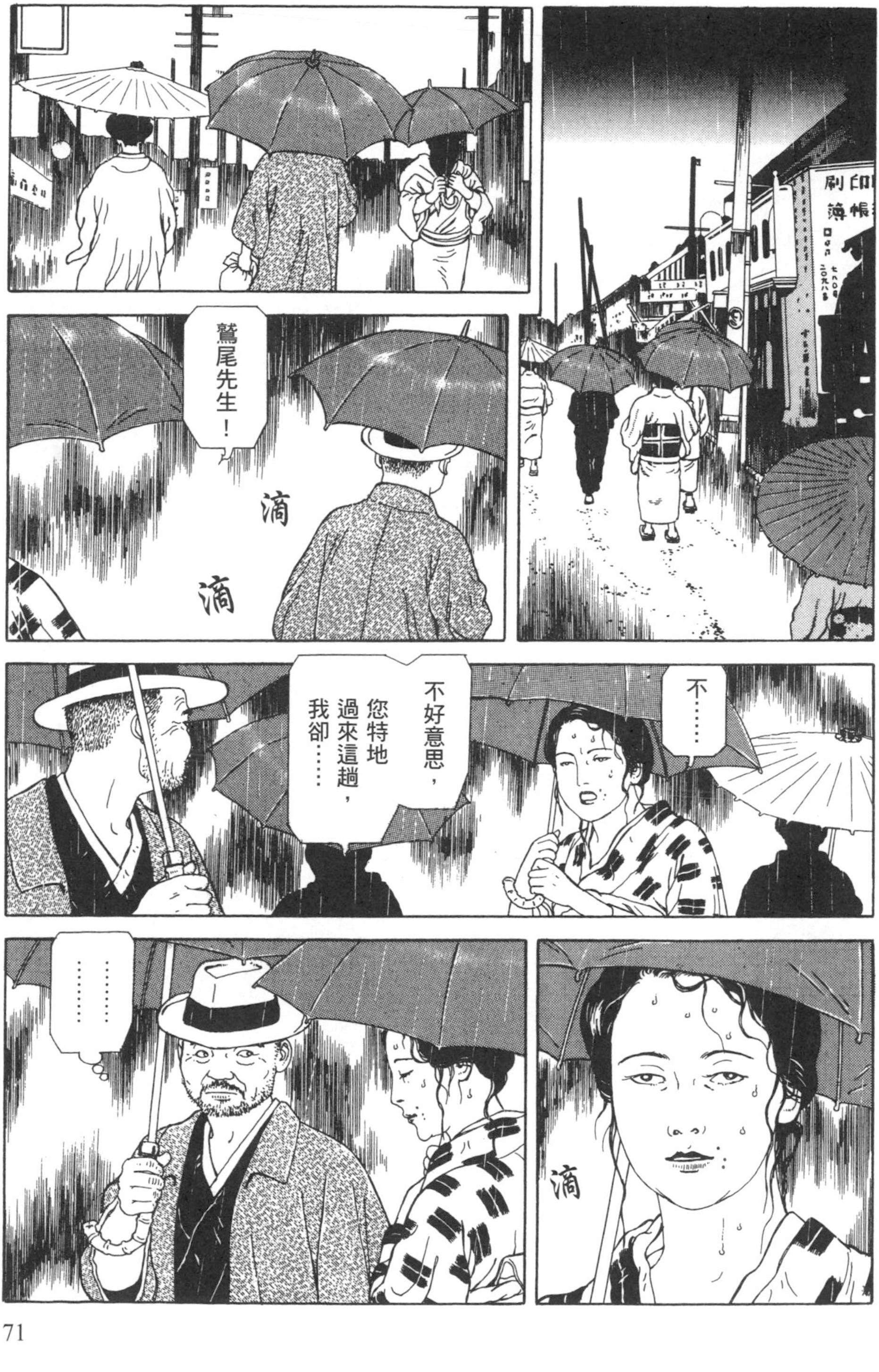

鷲尾先生！
滴
滴
不……
不好意思，您特地過來這趟，我卻……
……
滴

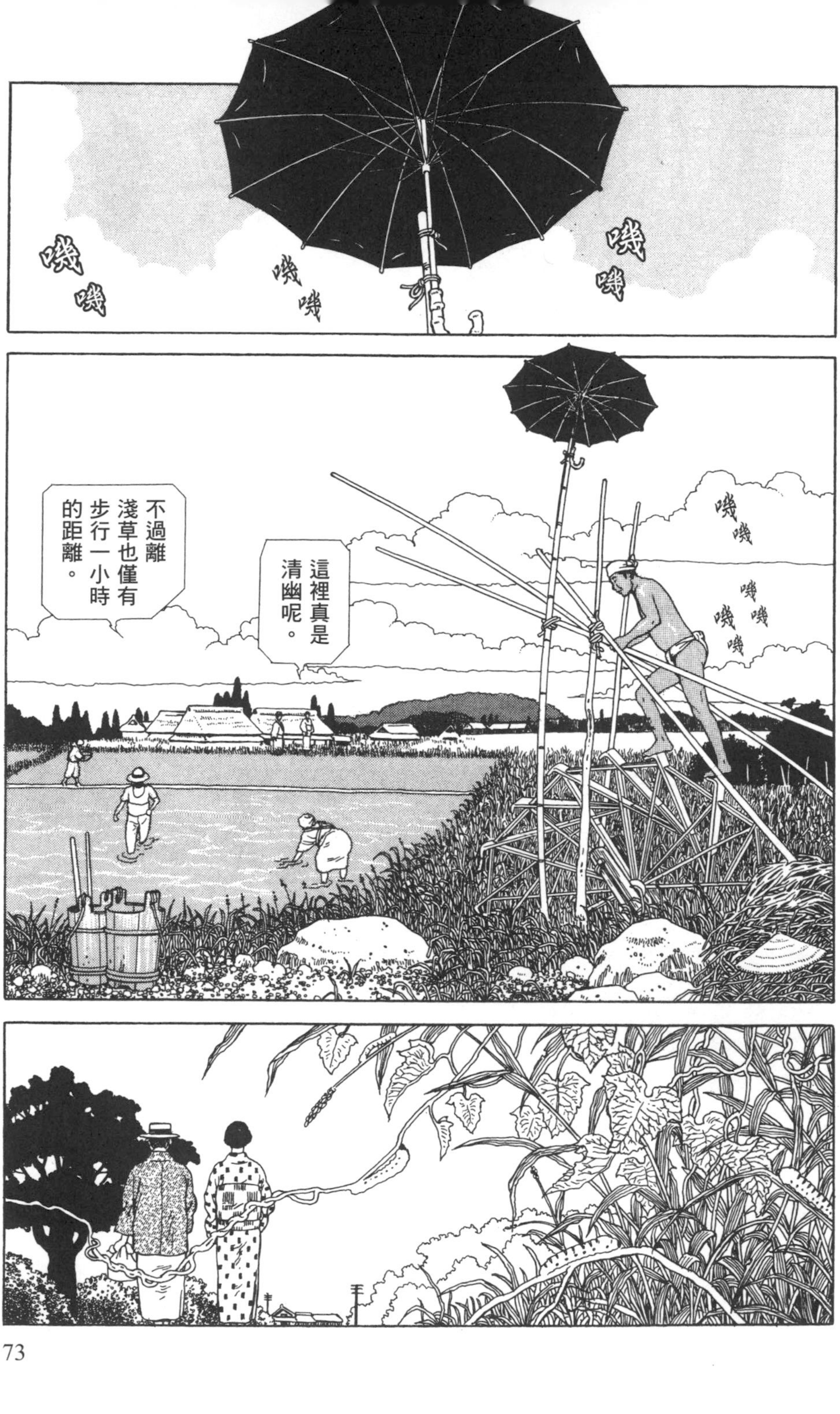
這裡真是清幽呢。
不過離淺草也僅有步行一小時的距離。

皇國興廢在此一戰
這可不是誰都做得來的事。
妳若說這是為人妻者應盡的責任，
我倒也無話可說。
不過呢，這絕非易事。
看須永中尉氣色這麼好，我真是嚇了一跳。
這也是因為妳的全心照料。
噹
噹

噹
噯……已經這麼晚了啦。
妳快回去吧。
噹
噹
他一個人在家中久候多時了。
噹
這個，給須永中尉吃吧。
我衷心感謝您無微不至的關照。
咚、咚、

我現在就過去唷。
你肚子餓了吧？
好啦！好啦！
咚咚
咚咚
咚咚
咚咚
嗯？
怎麼啦？
喀啦
啊！

嗡
嗡
嗡
噗通
噗通
噗通

滋噜……

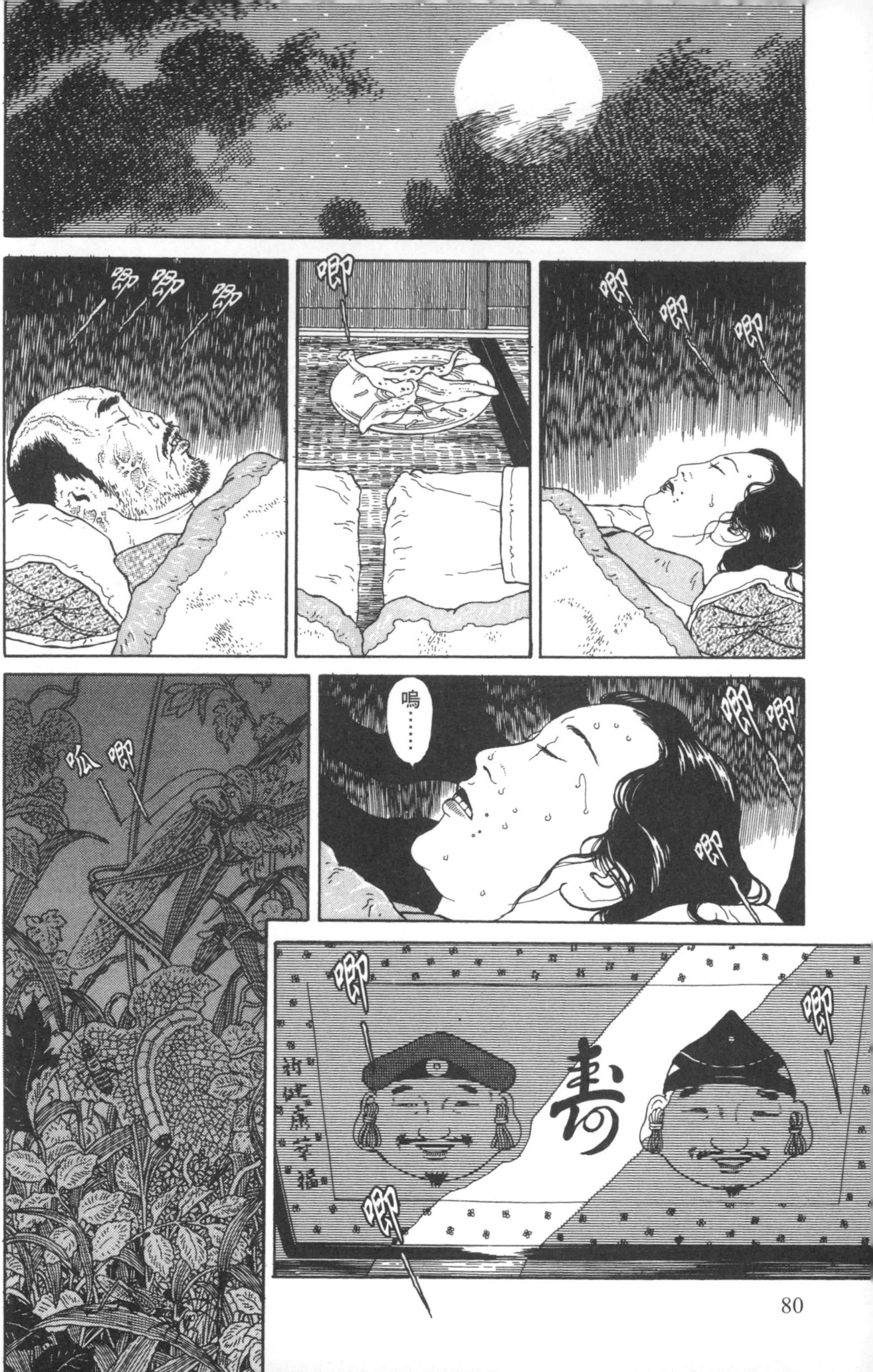
唧 唧 唧
唧
唧 唧 唧
嗚……
唧 唧
唧
吣 唧
唧
唧
祈健康幸福
壽
唧

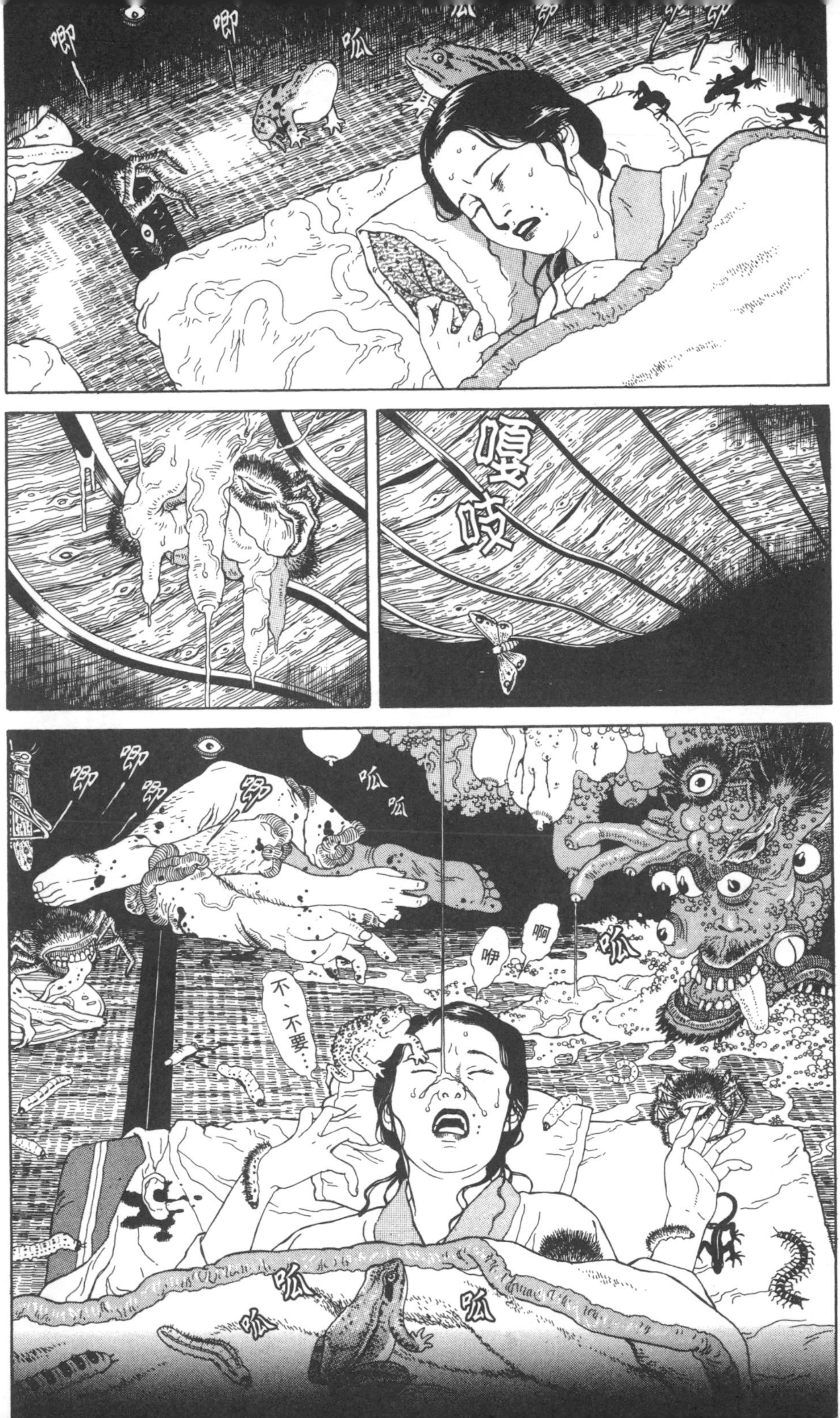

唧
唧
呱
嘎吱
唧
唧
唧
唧
呱
呱
呱
啊
咿
不、不要…
呱
呱
呱

呀啊啊啊啊啊啊啊啊啊

轟隆

唰
滋嚕…

唔
唔……
唔……
嚼

其參

*のぞきからくり，是一種透過口述加上連環圖畫向觀眾展演故事的日本庶民娛樂，於大正至昭和時期相當普及。

*幽霊の継子いじめ，為知名的窺探箱劇目之一。

乒乒乒
其妻藤井
患病
他未
照料她
至臨終
她便化為
幽靈
現身於沉睡的
雪江枕邊
哀嘆：
嗚呼，
我恨啊

藝者有一繼子
今年八歲
名花子
乒乒
乒
嗚嗚嗚~~~
請聽我說
各位大人
家父外出的夜晚
幽靈便會現身
奇也怪哉
繼母坦承惡行為己所為
言談中
喜形於色

悲矣哀矣
唧 唧
唧 唧
JINTAN
仁丹
ジンタン
唧
唧
唧
唧
唧
唧
悲矣
哀矣……

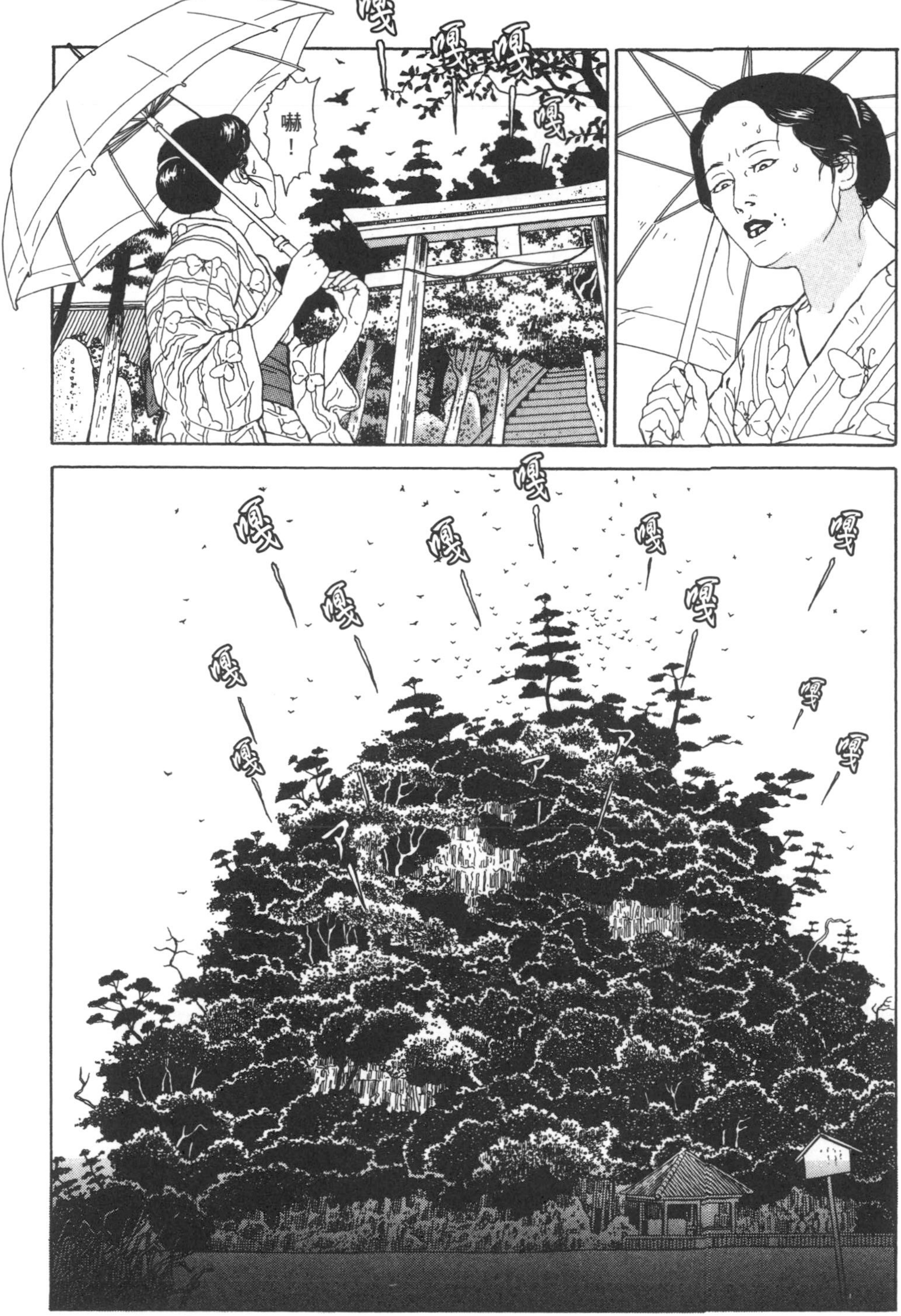
嘎ー
嘎
嘎
嘎
嚇！
嘎ー
嘎ー
嘎ー
嘎ー
嘎ー
嘎ー
嘎ー
嘎ー
嘎ー
嘎ー
アー
アー
アー

喔，跑喔，跑喔！
聽說是有人殉情。
殉情！
五十歲的一對男女。
太可怕了！
到了這年紀，還是摸不透男女情事呢。

與謝野鐵幹呢，
會對老婆的私處動手腳——
對晶子的那裡？
聽說他會把香蕉呢，塞進她的私處。隔天早上再取出來，吃掉。
這種程度的事，每對夫婦都會做啊。
你們也會？
嘻嘻嘻嘻嘻
嗯？
是不是有客人啊？

皇大神
怎麼啦？
要動章？
動章
報紙
報紙

香蕉
已經沒有香蕉了！
洗澡
勳章
報紙
香蕉沒了
知道嗎？
芳流千載
唔!!!
咚唰

咿
翻
滾
咕

沙沙沙沙沙沙
咿
咿咿咿咿咿唔咿

有香蕉嗎？
沒賣香蕉。

病薬
たむし薬
生理不順
淋病
性具スキン
月經
衛生サック
毒
性具衛生スキン
性具衛生サ
衛生スキン
わきが
南京虫
最新リン病治療薬
いんきん薬
南京虫退治
性具スキン
たむし薬
皮膚病治療薬
性具衛生サック
月經
サック
生スキン
サック
性具衛生サック
性具衛生
いんきん薬

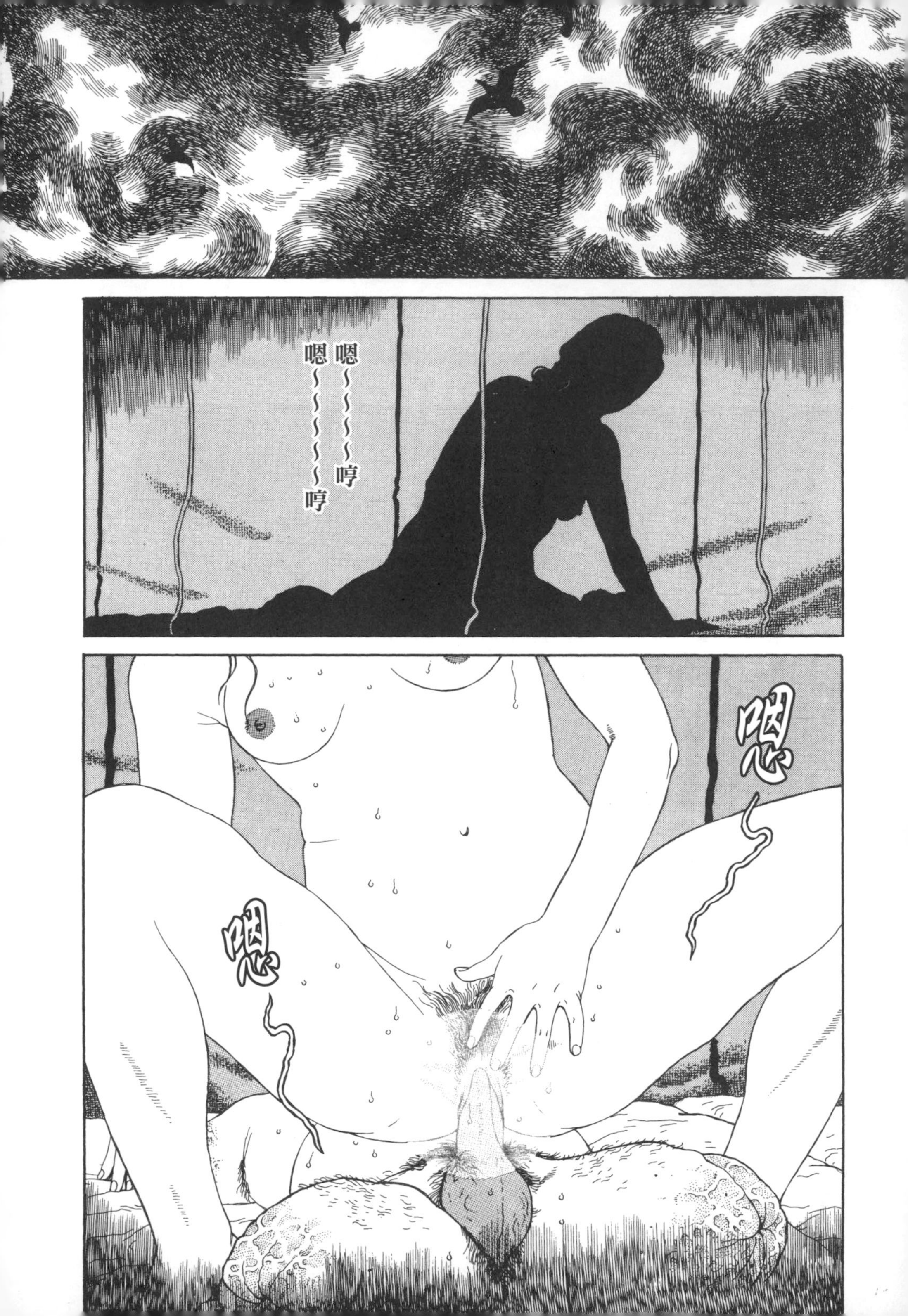
嗯～～～～哼
嗯～～～～～～哼
嗯～
嗯～

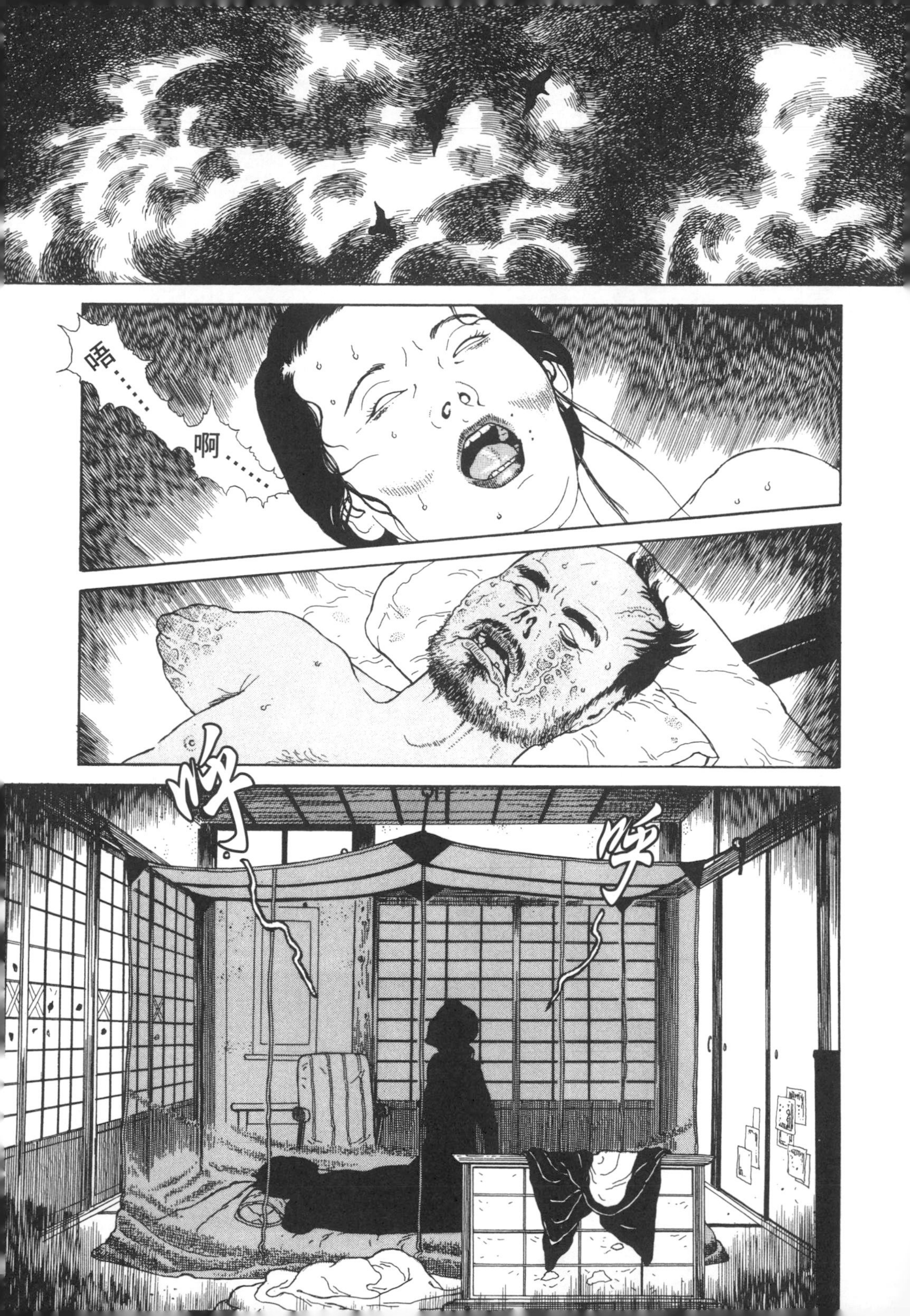
唔……啊……
呼
呼

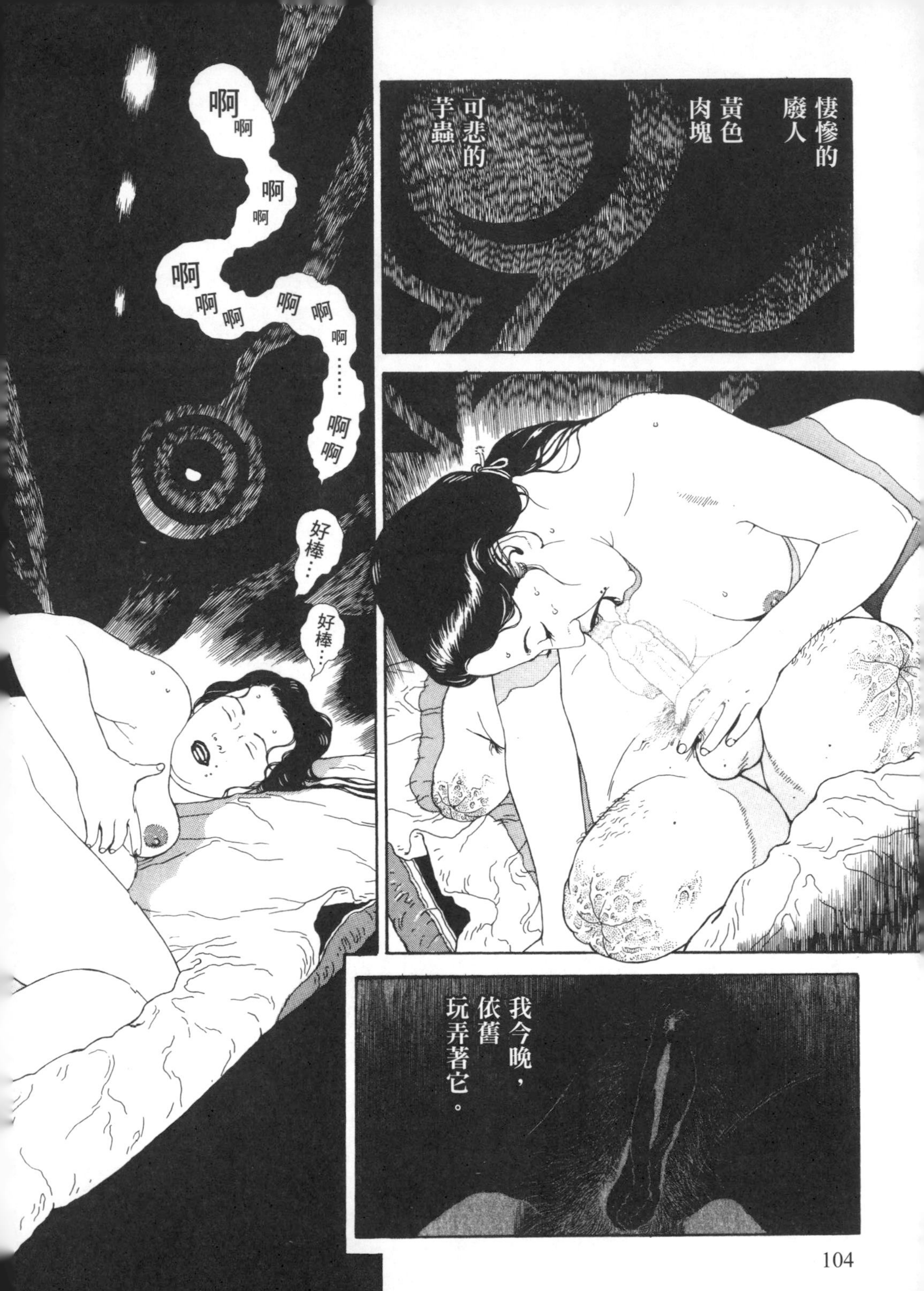
悽慘的
廢人
黃色
肉塊
可悲的
芋蟲
我今晚，
依舊
玩弄著它。
啊啊啊啊啊啊啊啊啊啊啊……啊啊
好棒……
好棒……

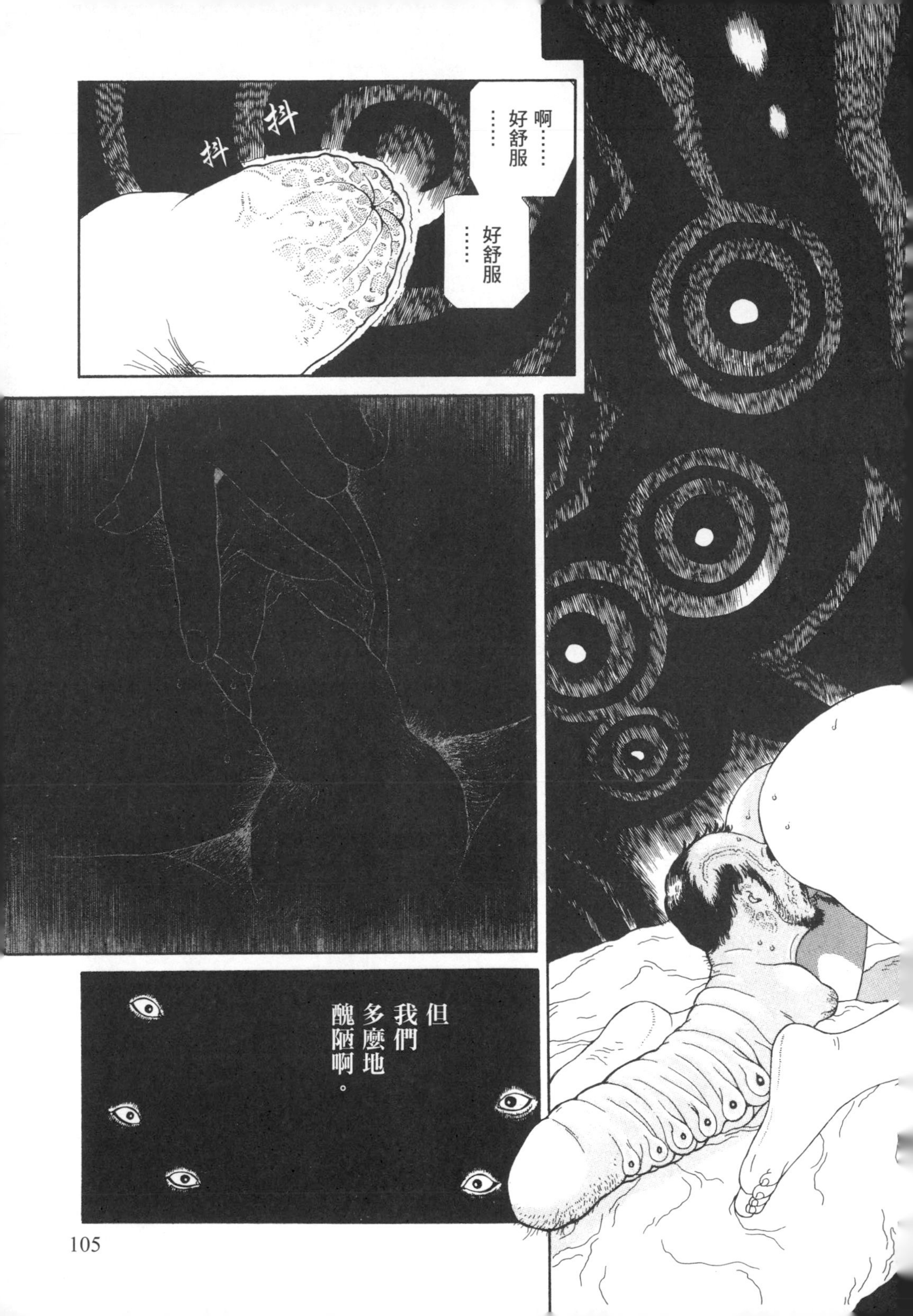
啊……好舒服……
……好舒服
抖抖
但我們多麼地醜陋啊。

咻咻咻咻
叮叮叮叮
啪噠啪噠
叮叮
叮鈴
叮鈴鈴鈴
叮叮……
叮鈴

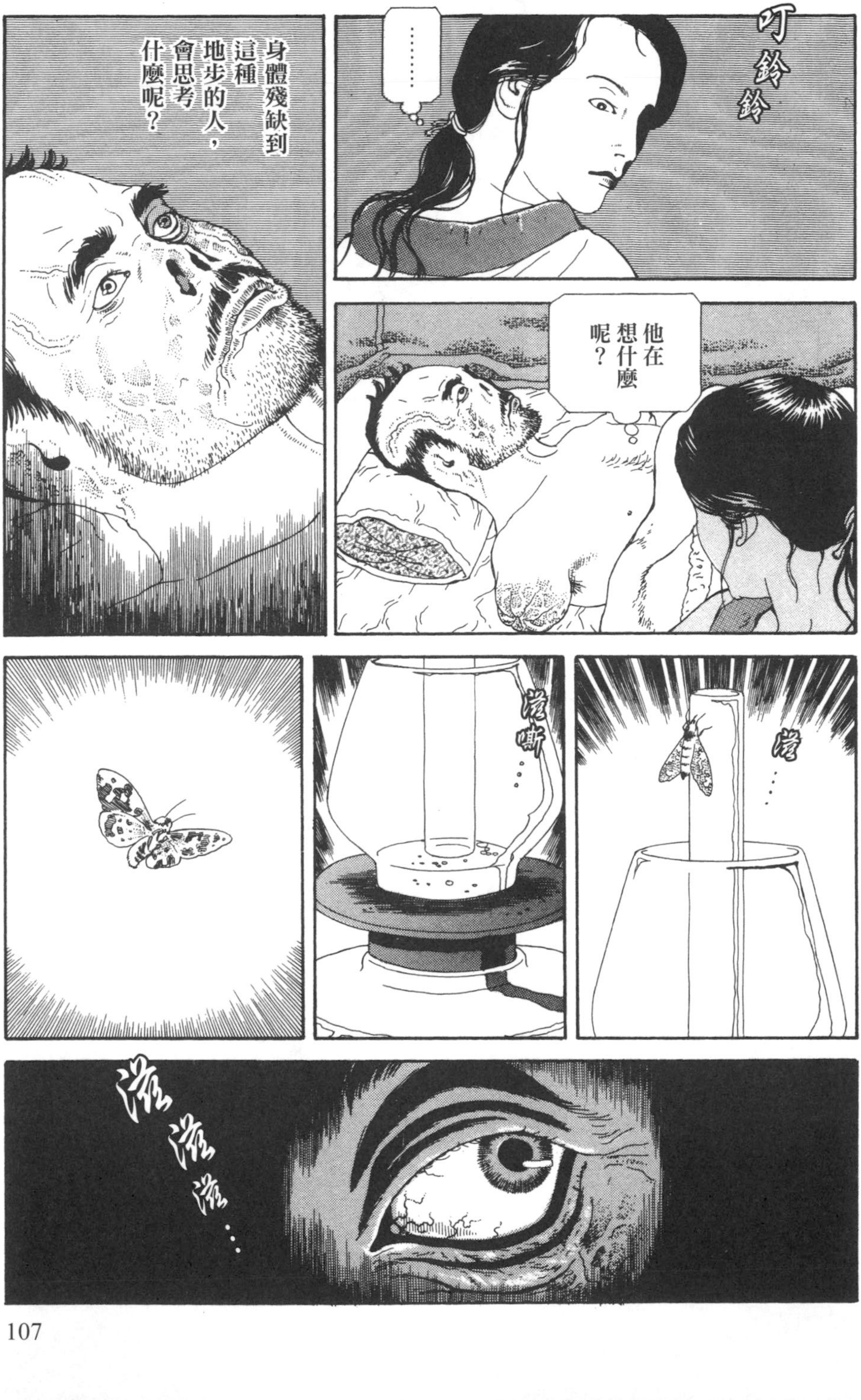
叮鈴鈴
……
身體殘缺到這種地步的人，會思考什麼呢？
他在想什麼呢？
滋……
滋嘶……
滋滋滋……

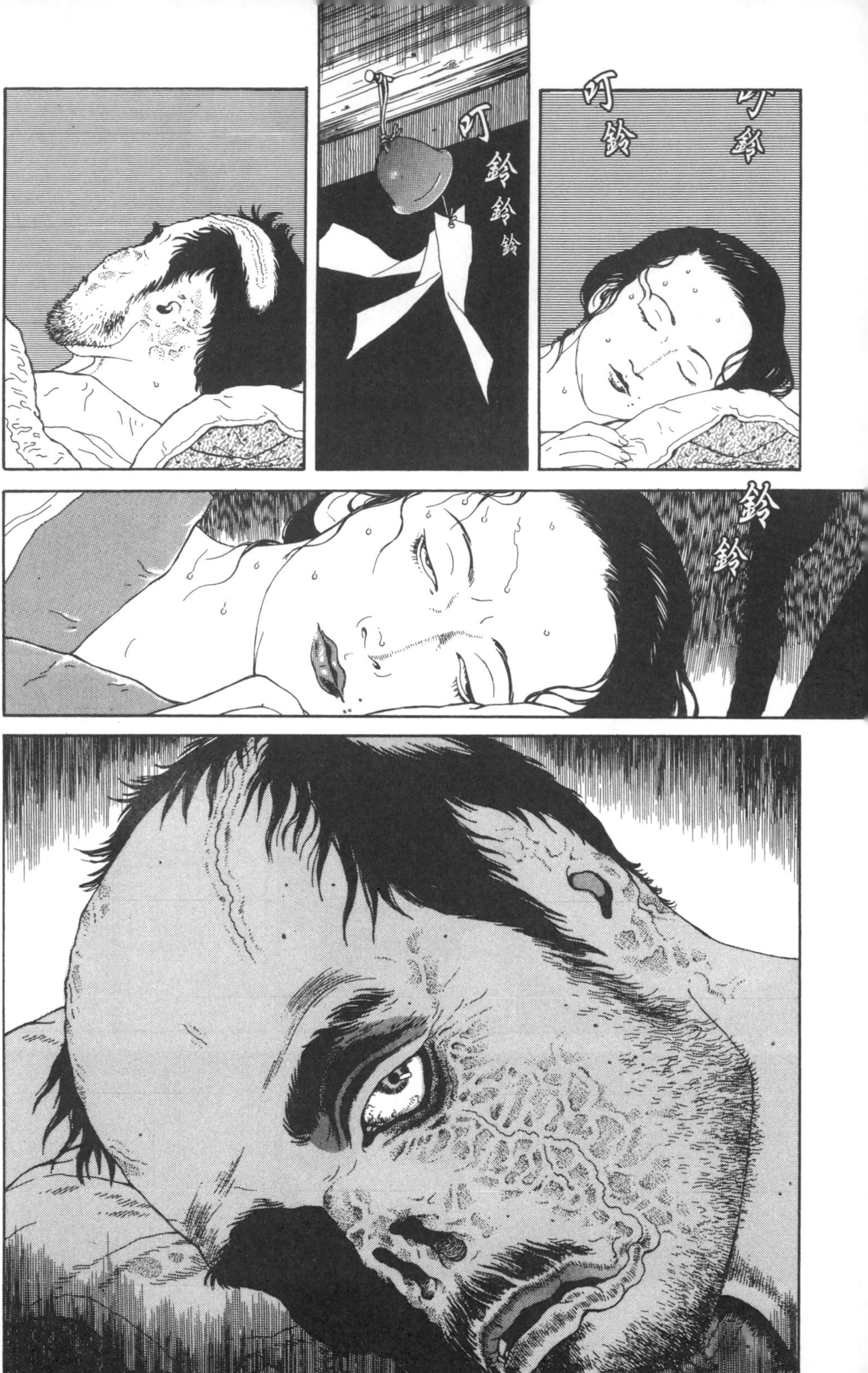
叮鈴
叮鈴
叮鈴鈴鈴
鈴鈴

豆～腐～
豆～腐～
豆～腐～
我是河畔的枯芒草～
你也是枯萎的芒草～
反正我倆在這世上

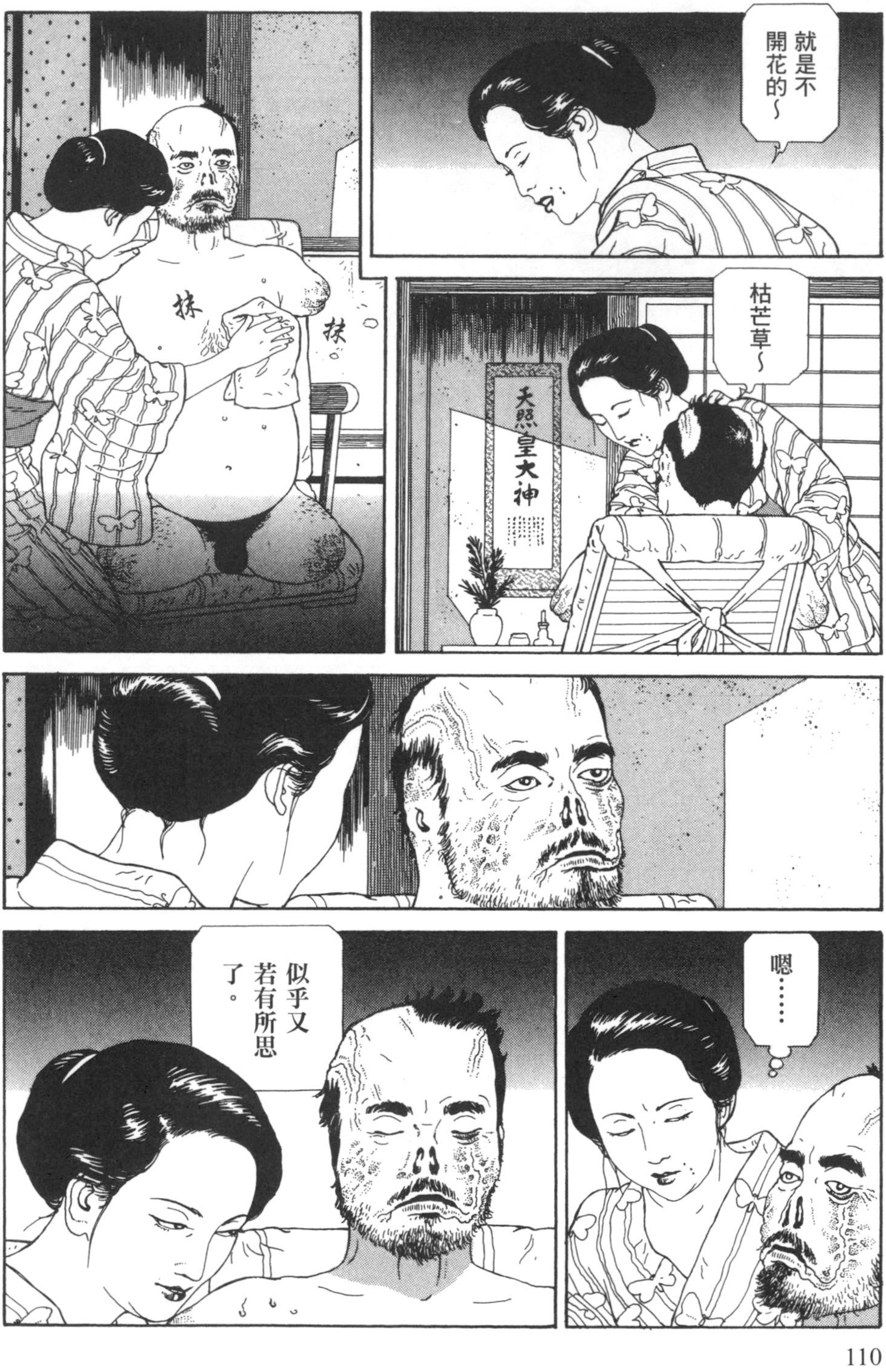
就是不開花的～
枯芒草～
天照皇大神
抹
抹
嗯……
似乎又若有所思了。

嗡
嗡
哎呀，
有蚊子停在你額頭上。
我不知道你現在在想些什麼，
不過你自己呢，
連額頭上的蚊子都趕不走呀。
呵呵呵呵呵
呵呵呵呵

什麼都辦不到！
你生氣啦?!
沒有我在，你什麼都辦不到呀。
你那是什麼眼神?!
瞧不起我嗎？
你是怎樣?!

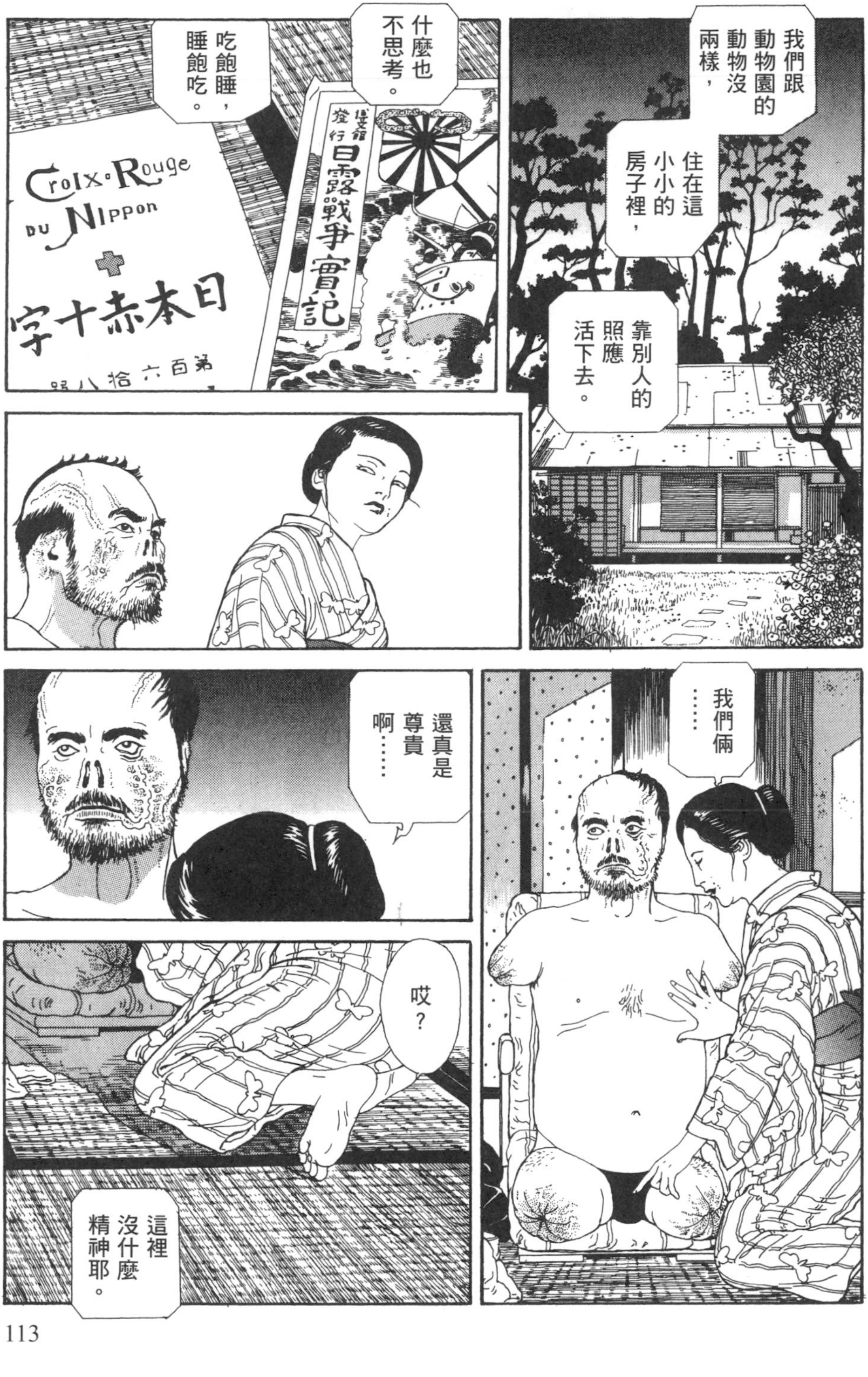
我們跟動物園的動物沒兩樣，
住在這小小的房子裡，
靠別人的照應活下去。
什麼也不思考。
吃飽睡，睡飽吃。
博文館發行
日露戰爭實記
Croix Rouge du Nippon
日本赤十字
我們倆……
還真是尊貴啊……
哎？
這裡沒什麼精神耶。

這算什麼！
健康幸福
壽

其 肆

這算什麼！
算什麼！
這什麼眼神！
砰咚
天照皇大神

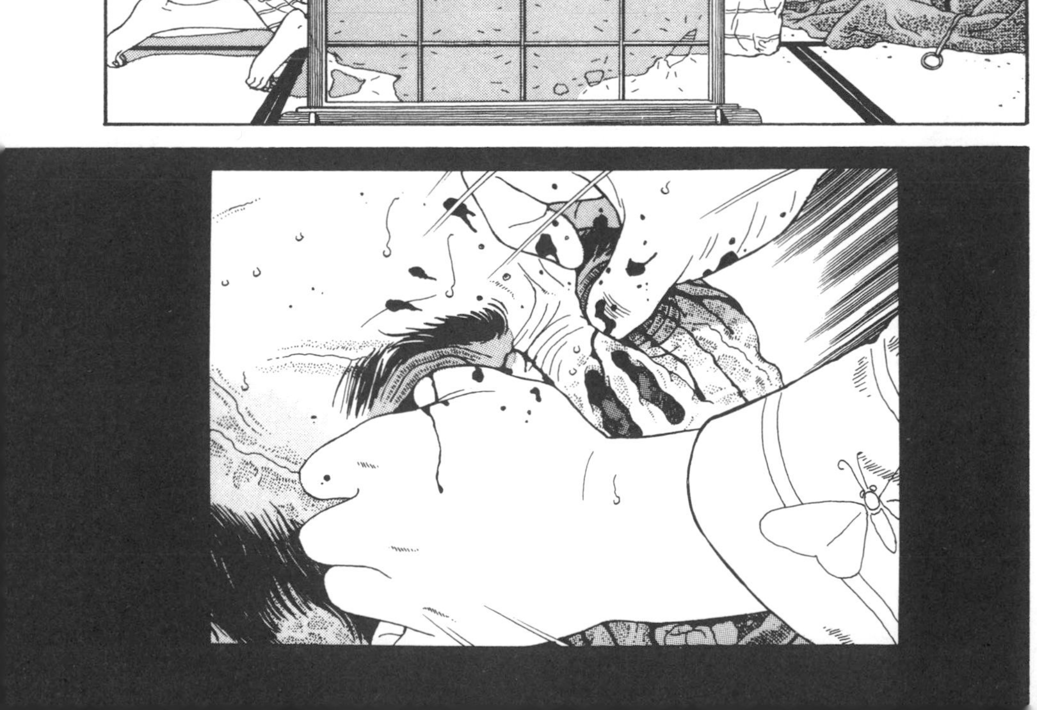

寿
祈健康幸福

噗
咚~唰
這算什麼！
算什麼！
咚~唰
咻咻咻咻
完全ナル
懐中
消化と
JINTAN
仁丹
ジンタン

咻咻咻
窸窸窣窣
劈啪

咿～

咚
唰
噁
啊……
啊……
抖

啊……
啊……
抖
抖
唔……
我做了什麼……
怎麼會……
我做了什麼……
咿……
咿……

呼呼
呼呼
呼呼
呼呼
呼呼
呼呼
我怎麼會做出那麼兇殘的事。
拜託您!!
西田醫院
小兒科
內科
外科
拜託了!!

大神宮
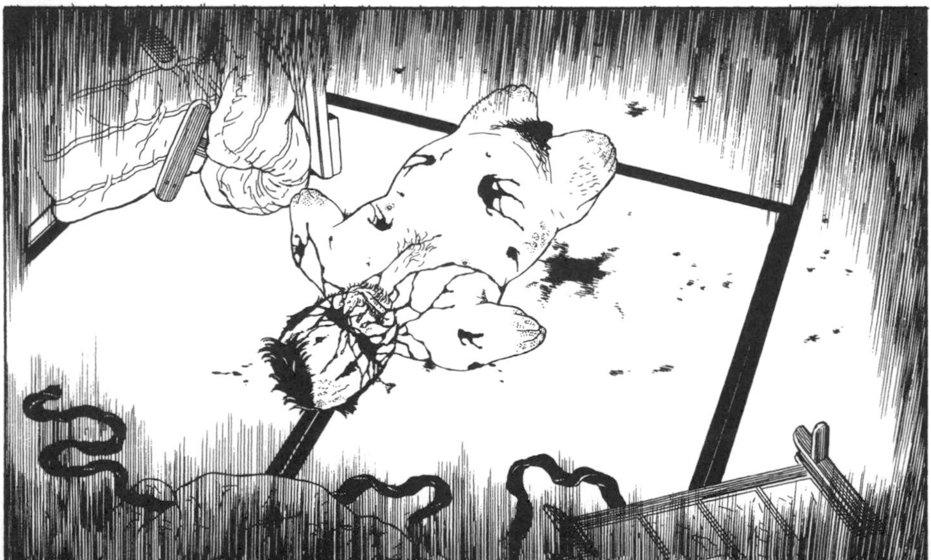

醫生，這邊！
拜託您快一點！
噠
啪
噠
噠
噠
嚇！

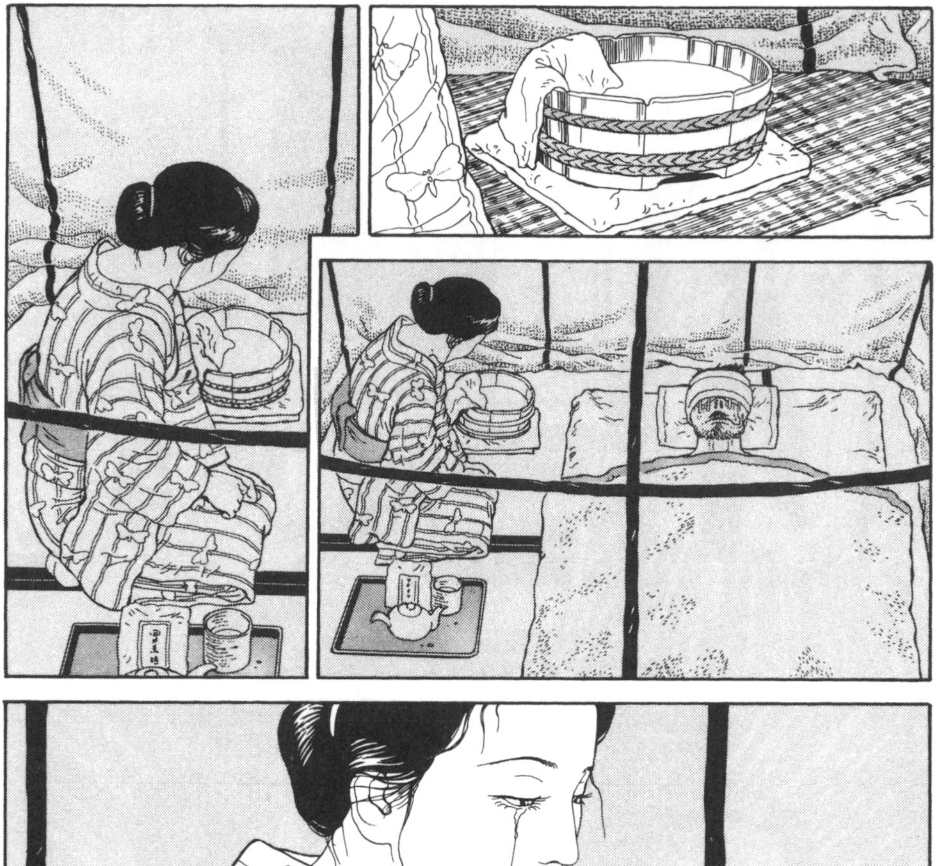
我……
我怎麼會做出這種事……

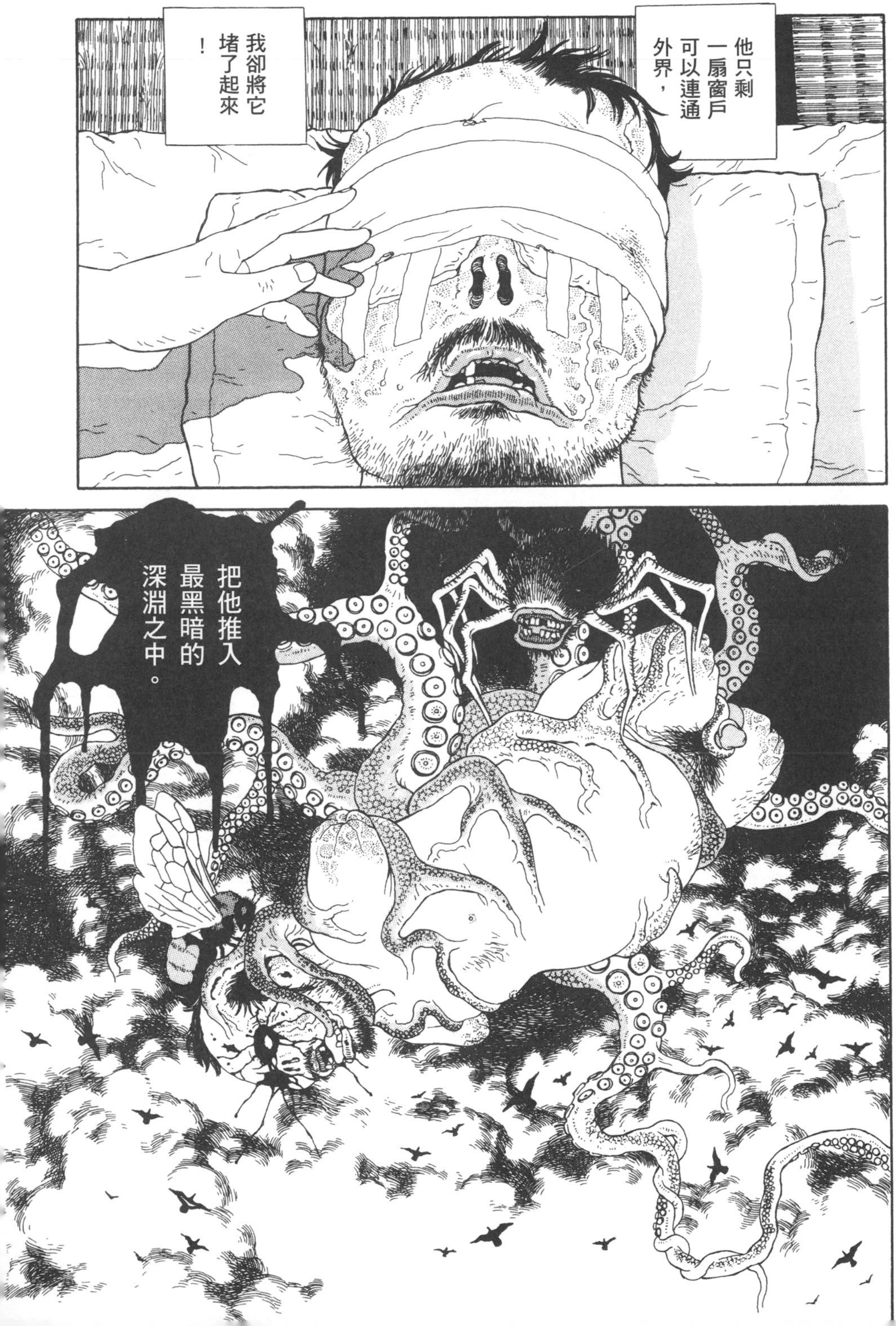
他只剩一扇窗戶可以連通外界，
我卻將它堵了起來！
把他推入最黑暗的深淵之中。

這是……
這是多麼可怕的行為啊。
我這個凶惡的娼婦！
請
原
諒
我
原諒我……
原諒我……
原諒我……

原諒我
原諒我
原諒我
原諒我
原諒我……

……
嗚嗚……
嗚……
沙沙
沙沙
讓那樣的傷患獨處，
是不行的。
喀噠
喀噠

啊?!
他……他不見了？
跑出去了嗎？

咦？
？
啊……
ㄏ京妳
ㄏ京妳
ㄏ京妳

啊啊啊啊啊
ㄏ京妳
ㄏ
京
妳
原諒妳！
原諒妳！

咻咻咻
喀噠 喀噠
憑那副身體能去哪呢？
嘎嘎嘎
喔！
他果然跑到外面來了。

啊……！
咻咻
喔!!
那是……?!

啊
啊
啊
⋯⋯
颯

他是不是往古井去了？
往古井……
滋嚕
咻咻咻

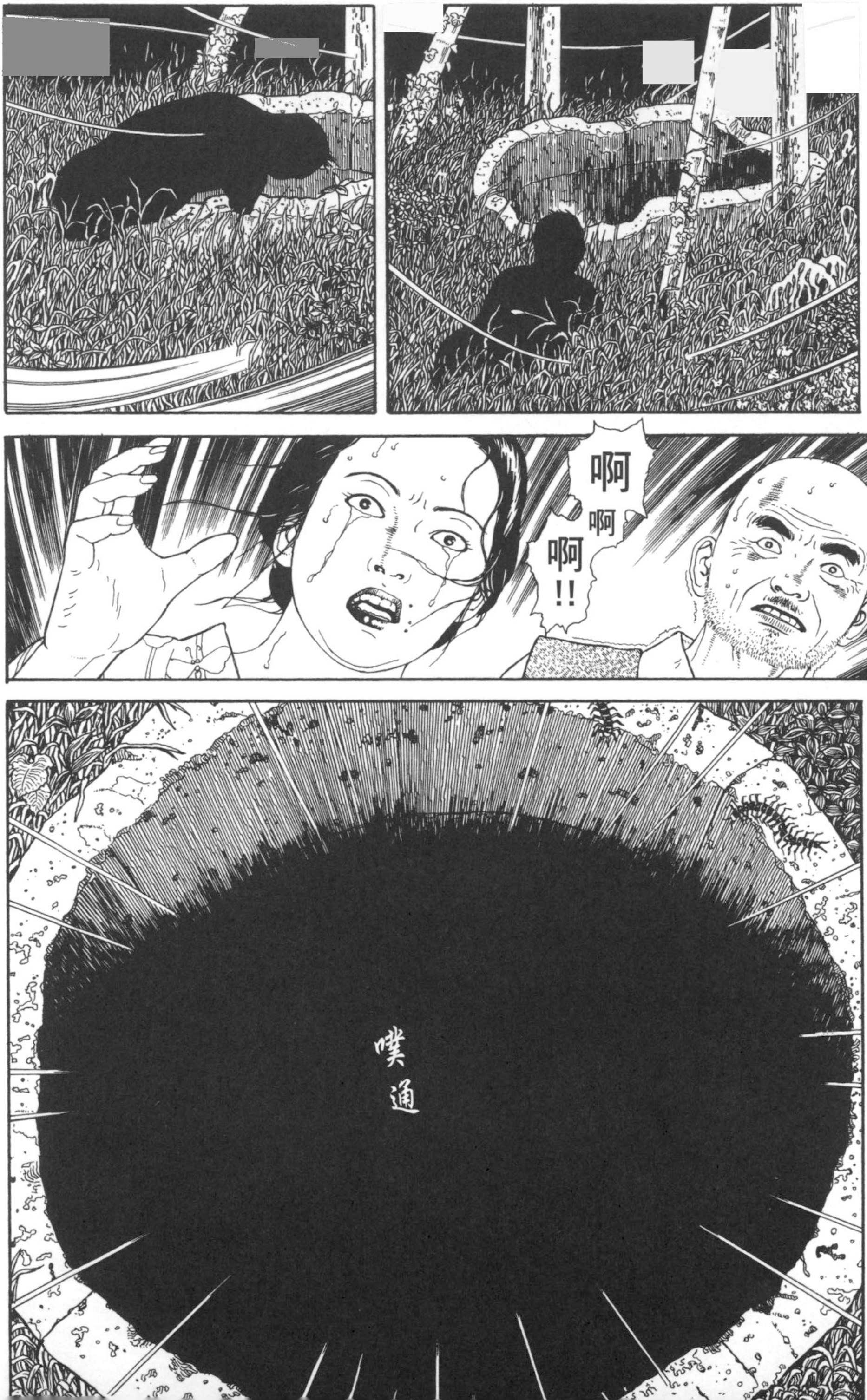
啊啊啊!!
噗通

熄
說起來真是玄妙，
在那慌亂的剎那間，時子不知為何在腦海中勾勒出一個虛幻的光景：闃黑夜色中，攀附在某樹上的一隻芋蟲，

爬向枯枝末端，任無法自由驅動的已身重量，將之拖向下方漆黑的空間中，輕巧地墜入無底深淵。
芋蟲
完

原出處　月刊《Comic Beam》二〇〇九年六月號至九月號（單行本內容是由雜誌連載內容加筆、修改而得。）

江戶川亂步

本名平井太郎。一八九四年十月二十一日出生於日本三重縣名張市。自早稻田大學畢業後，他做過幾份工作，直到一九二三年於《新青年》雜誌發表〈兩分銅幣〉後才正式以小說家身分出道。此後，除了知名的名偵探明智小五郎系列之〈心理實驗〉、〈D坂殺人事件〉等作品外，他也以〈人間椅子〉等短篇作品及〈陰獸〉、〈孤島之鬼〉等長篇作品獲得極大人氣，被譽為日本推理小說之父。此外，他也以少年偵探團系列作品吸引了眾多年輕讀者，為日本大眾文學、青少年小說領域帶來莫大影響。戰後也持續活躍，發表了推理小說評論研究集《幻影城》，並投入創設推理作家俱樂部等事務。一九六五年七月二十八日逝世。

丸尾末廣

一九五六年一月二十八日出生於長崎縣。二十四歲時以〈繫緞帶的騎士〉出道。二十五歲時出版首部單行本《薔薇色的怪物》。此後，陸續發表許多漫畫、插畫作品，以挑戰禁忌的獨特題材、劇情及表現手法獲得廣大人氣，知名作品有《少女椿》、《犬神博士》等。二〇〇九年以改編自江戶川亂步原著的《帕諾拉馬島綺譚》得到手塚治虫文化賞新生賞。《芋蟲》是他第二部改編自江戶川亂步的作品。

譯者

黃鴻硯

公館漫畫私倉兼藝廊「Mangasick」副店長，文字工作者。著有評論小誌《給好孩子的駕籠真太郎漫畫論》、《刺戟——青林堂與青林工藝舍簡史》，譯作有《觸發警告》、《德古拉元年》《喜劇站前虐殺》、《Another episode S》、《娃娃骨》、《飄》（合譯）等書。

PaperFilm 視覺文學 FC2017C

芋 imomushi 虫

著作

江戸川乱歩
丸尾末広

作　　者／丸尾末廣、江戶川亂步
譯　　者／黃鴻硯
選書策劃／鄭衍偉（Paper Film Festival 紙映企劃）
編　　輯／謝至平
行銷企劃／陳彩玉、陳玫潾、朱紹瑄
編輯總監／劉麗真
總 經 理／陳逸瑛
發 行 人／涂玉雲

出　　版／臉譜出版
城邦文化事業股份有限公司
台北市民生東路二段 141 號 5 樓
電話：886-2-25007696 傳真：886-2-25001952

發　　行／英屬蓋曼群島商家庭傳媒股份有限公司城邦分公司
台北市中山區民生東路二段 141 號 11 樓
客服專線：02-25007718；25007719
24 小時傳真專線：02-25001990；25001991
服務時間：週一至週五上午 09:30-12:00；下午 13:30-17:00
劃撥帳號：19863813 戶名：書虫股份有限公司
讀者服務信箱：service@readingclub.com.tw
城邦網址：http://www.cite.com.tw

香港發行所／城邦（香港）出版集團有限公司
香港灣仔駱克道 193 號東超商業中心 1 樓
電話：852-25086231 或 25086217　傳真：852-25789337
電子信箱：citehk@biznetvigator.com

馬新發行所／城邦（新、馬）出版集團
Cite（M）Sdn. Bhd.（458372U）
41, Jalan Radin Anum, Bandar Baru Sri Petaling,
57000 Kuala Lumpur, Malaysia.
電話：603-90578822　傳真：603-90576622
電子信箱：cite@cite.com.my

裝幀設計／馮議徹
排　　版／漾格科技股份有限公司

一版一刷／2016 年 12 月
一版九刷／2021 年 10 月
ISBN ／ 978-986-235-548-0
售　　價／300 元